# 總在耳邊的私語

## ——二〇一八新版序

常常我想起學生時代，沒有固定座位的課室裡，好友比我先進去佔好位子，當我在門口探頭探腦時，總能聽見這樣的招呼：「這裡這裡。」於是我小跑步往好友身邊奔去，剛剛坐下，老師便進來上課了。覷著老師沒注意的空檔，好友遞過來一張紙條，上面抄著兩句詩：「早知如此絆人心，何如當初莫相識。」我細細的讀著，給了她一個安慰的微笑。那時她單戀一位學長，偏偏學長已經有女友了，好友認為她可以謹守著朋友的界線，然而日復一日，卻感到一種拉扯的煎熬和痛楚。這兩句詩真的很準確的寫出了她的心靈狀態。多愁善感的少女時期，我們都瘋狂嗜詩，國文課上教授稀少的詩詞，根本無法滿足我們無底洞般的渴求。於是，我們一首一首的背誦，為彼此朗讀，抄在漂亮的信紙上相互饋贈，或只是在課堂裡傳遞小紙條，抄寫一、兩句詩。

第二天，我回贈好友的詩句是：「萬人叢中一握手，使我衣袖三年香。」正是因為學長的存在是如此獨特，好友才願意忍受相思苦的吧。她把紙條平整的夾在課本裡，給了我一個深邃、意味深長的微笑。許多情詩都寫得簡短、節制，卻飽含熱烈情感，當我們愛著的時候，讓我們感覺到自己的癡傻都是美；當我們痛著的時候，又給了我們極大的寬慰與理解。有點像是記在了心裡，輕輕響在耳邊的私語，聽著聽著，被觸動了，眼睛濕了。

西元兩千年，《愛情，詩流域》出版了，將古典詩歌詮釋為現代生活的穿越之作，只是一個開始，卻撩撥起許多人讀詩的願望，重新認識了詩與愛情。如今，十八年後，擁有了新封面，重新遇見讀詩的戀人們，帶上一首詩，展開你的戀愛吧。

二〇一八年十月微涼寒露

# 愛情與詩的流域

——張曼娟自序

我們是從一九九九年開始的。

麥田出版社的雨航先生有了這樣的意念，要將古典詩歌與現代情懷，沖積成一片美麗的流域。我是愛詩的，愛它的悠遠浪漫；也愛現代生活，愛它的倉促現實，我想從詩中的愛情開始著手。於是，我們掘出了第一條水流。

想要沖積成一片流域，僅僅具有熱情和理想，是不夠的。像一件工程般，我和夥伴們從古早的詩經開始，翻找到晚清的民歌，從萬首詩的幅員遼闊，拼貼出我們想像中的，愛情的各種樣貌。

常常，有人忽然忘情的朗誦一首詩，其他人安靜諦聽，或者輕輕歎息。有時候，有人用著歡愉的音調唸兩句詩，大家都陷落在自己的回憶裏，微微地笑起來。那個夏天，我們都在讀詩，彷彿回到童蒙時代，郎騎竹馬來，遶床弄青梅，午後的蟬在樹上響亮鳴唱，從第一首詩的古早，到永不止息的未來。

這對於我似乎是一個新的嘗試，卻又似乎是熟悉的，愛情啊，詩歌啊，哪一樣是陌生的呢？但，這種工作方式確實是新鮮的，我永不會忘記，一起讀詩選詩的雅蘭、維中和慶祐，親愛的夥伴們。我們避開那些閨怨過度的詩，那些苦楚無望的悲情，只能令人哀憐，卻不能給人希望和啓示。

我也不會忘記，在艱鉅的選詩與撰寫的過程中，曾經，我覺得自己被困住了，掙脫不開，忽然強烈渴念一杯熱拿鐵。我的夥伴們陪著我，穿越半座盆地，只爲一杯咖啡。我們在明亮的落地窗前坐下，二十世紀最後的城啊，如此現代、如此忙碌、如此混亂、如此耽美。我需求一杯熱咖啡，如懷想一場深刻愛戀，如輕誦一首溫甜小詩。我想，我們找到了想要的，一些新的形式與精神，可以從容不迫地，走向一個嶄新的世紀。

我開始書寫。在書寫中，我們聽見心靈的沖積，持續地、韻律地，漸漸成一片愛情與詩的，蒼鬱的流域。

總在耳邊的私語——二〇一八新版序 1
愛情與詩的流域——張曼娟自序 3

**春之傾慕**

千喚不一回 15
停船暫借問 23
含情更著綿 31
在水一方 39
難得有心郎 47
東邊日出西邊雨 55
萬人叢中一握手 63
青青子衿 71

## 夏日合歡


相逢畏相失 79
郎處山高月出遲 87
待得天晴花已老 95
難忘舊時恩 103
儂只今生結目前 111
上宿鳥比翼 119
我欲與君相知 127

## 秋來繾綣

曾經滄海難爲水 135
還寢夢佳期 143
采之欲遺誰 151
閨中自著看 159
始知結衣裳 167
叮嚀寄書人說向 175
何當共剪西窗燭 183
忽見陌頭楊柳色 191

## 冬季離散


還君明珠雙淚垂 199
將縑來比素 207
莫對月明思往事 215
憐取眼前人 223
解得世間離別苦 231
今日斗酒會 239
桃花依舊笑春風 247

# 愛情，詩流域

# 春之傾慕

之傾慕

# 「低頭向暗壁 千喚不一回」

因為難以克服心中的羞澀與驚惶，
一逕低垂著頭，
面向著牆壁投射出的暗影，
即使是有情人千聲百聲的溫柔呼喚，
也沒有轉過頭的勇氣啊。

「嘿！梅子！」他騎著腳踏車從她身後趕上，熱烈的呼喚。她的身子立即僵硬起來，轉身貼在巷弄的牆壁上，垂著頭，一動也不動。他覺得很奇怪，小時候他們一起玩大的，她紮兩根小辮子，總跟在他身後，像個小小的影子。他從不嫌她累贅；從不允許別的孩子欺負她，他把零用錢省下來，帶她去村外的攤子吃牛奶紅豆冰。她是他生命裏最重要的人，直到她剪去長髮到外地唸中學。

梅子再回來的時候就變成一個奇怪的女生了。每次看見他都忙不迭的躲藏，他一叫她，她就窘得恨不得鑽進牆裏去。可是，他還是要叫她，想試試看能不能把小梅子叫回來。

有一回在巷子裏，一群男生圍著梅子戲弄她：「請妳吃梅子冰啊！好吃耶！」梅子像陀螺似的苦苦打轉，解脫不得。他掄起腳踏車就衝過去，趕走那群男生以後，梅子扯住他的書包帶子，嗚嗚地哭起來。「嘿！梅子！」後來又遇見她，他的額上還有瘀青，她站住，轉臉對他笑起來。他得寸進尺的：「載

妳回家吧？」她坐上後座，輕輕環住他的腰。

那年他十八歲，她十六歲。很多年後他們仍常常提起，那條小小的巷弄。

因爲難以克服心中的羞澀與驚惶，一逕低垂著頭，面向著牆壁投射出的暗影，即使是有情人千聲百聲的溫柔呼喚，也沒有轉過頭的勇氣啊。多麼傳神的刻劃出，青春期少女莫名的惶惑與怯意，她不是對心上人沒有感覺，事實上可能正因爲情感太過炙熱，連自己都無法負荷或難以置信，只好選擇逃避。那種手足失措的神情，更增添了令人嚮往的嬌媚。

唯有在非常年輕的時候，唯有情愛最初的啓蒙，才具有這種狂亂的力量，無法約束。

# 長干行

唐・李白

妾髮初覆額，折花門前劇。
郎騎竹馬來，遶床弄青梅。
同居長干里，兩小無嫌猜。
十四為君婦，羞顏未嘗開。
低頭向暗壁，千喚不一回。
十五始展眉，願同塵與灰。
常存抱柱信，豈上望夫台。
十六君遠行，瞿塘灩澦堆。
五月不可觸，猿聲天上哀。
門前遲行跡，一一生綠苔。
苔深不能掃，落葉秋風早。
八月蝴蝶黃，雙飛西園草。
感此傷妾心，坐愁紅顏老。
早晚下三巴，預將書報家。
相迎不道遠，直至長風沙。

## 原詩語譯

當我幼年時，頭髮才剛剛掩覆住額頭，就遇見了騎著竹馬而來，同樣稚幼的你。我們很自然的繞著桌椅，擎著青梅，開心的嬉戲。同樣居住在南京的長千里，使我們有更多相處的機會，雖然年紀還小，情感卻已融洽親蜜，毫不猜疑了。

十四歲那年嫁你爲妻，因爲太害羞的緣故，從不曾展開笑顏。理不清自己的尷尬與無措，常常低垂著頭面對牆壁的陰影，便是你溫柔的喚我千百聲，也沒勇氣回頭一望。

然而，你的耐心守候使我漸漸變得成熟解意，十五歲時已能與你軟語溫存，情愛眞摯深刻，便是同你一起化做塵土飛灰，也能甘願喜悅。我常以爲我們都會像在橋下等候情人的尾生一樣，縱使滅頂也不放棄情愛。我也從沒想過有一天會登上望夫台，無望的等待遠方的你。

十六歲那年你卻必須離家遠行，這一去將經過險惡的三峽之一瞿塘峽，那兒五月一到，江水淹沒灩澦堆這一帶的礁石，行船易生不測，你得千萬小心，絕不可輕觸險境啊。我的思緒伴隨你沿三峽一路行去，彷彿也能聽見兩岸猿聲哀切啼叫。

如今，你欲走還留，在門前遺下的足印，生出了青苔，青苔生得太多太厚，已無法清除了。落葉倏忽而下，今年秋風吹得早，涼意也更深了。八月仍可以看見蝴蝶成雙飛過西園草地，而你的音訊卻仍杳然，看著季節的變換令我更加感傷，除了坐困愁城，又能如何呢？就這麼感覺著自己的青春容貌一日復一日的憔悴蒼老。

什麼時候你打算從巴郡、巴東、巴西返回故鄉？請一定要預先寫信回來通報。我一旦得到消息，必然立即到七百里外的安徽長風沙這地方去迎接你，縱使路途遙遠，縱使地極湍險，一點也無法動搖我的心意。

# 詩人履歷表

李白（七〇一——七六二），字太白，是唐代詩歌浪漫派的代表詩人，唐代人的豪情壯闊，追求理想的狂熱執著，就是他的情感和藝術。李白的籍貫、身世與思想極其複雜而神秘，這種駁雜的激盪，使他能夠衝破一切的形式、傳統與規範，創造出屬於他自己的五言、七言、長篇、短製，詩歌進入李白的手中，有了全新的生命與內涵。曾經他以「待詔」的名義入宮，爲唐明皇的愛人楊貴妃寫下膾炙人口的〈清平調〉，「借問漢宮誰得似？可憐飛燕倚新粧」，這兩句詩爲他惹來被棄出京的命運，就像所有才華驚人的藝術家一樣，他彷彿是注定了放逐與飄泊的。

從遊俠兒到劍俠，展現了他的蔑視流俗；從「且樂生前一杯酒」到「笑入胡姬酒肆中」，看出他即時行樂的人生態度。至於〈長干行〉這首樂府的動人之處，則在於他能夠傾聽並且揣摩閨中女子的心聲，從少女到少婦，從羞澀得幽礙難通，到深情得死生相隨，在愛與等待之中，每一次歎息的微光。這微光照亮人間，即使是李白這樣的大師，也要匍匐頂禮。

# 「停船暫借問 或恐是同鄉」

在茫茫江水上行船，
不免有孤寂之感，
有時忍不住要停下船來，
就近探問一聲，
同樣停泊下來的船上客，
會不會竟是同鄉人呢？
假若果然是同鄉，
攀談幾句，
應該可以安慰飄浮的心懷吧。

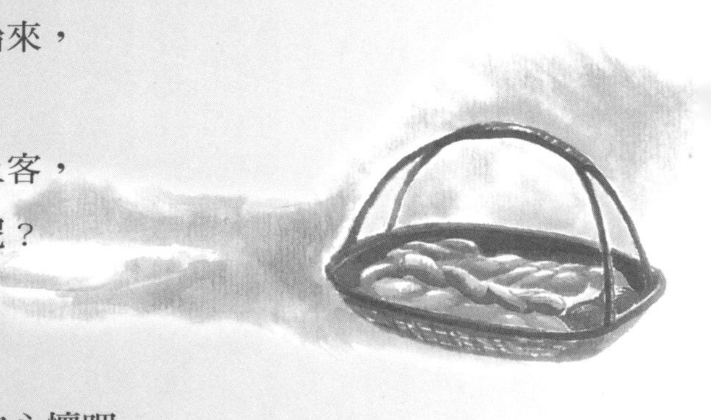

他發現這家城內最大的超級市場裏，竟然販賣鮭魚頭，簡直是件怪事。美國人不管怎麼吃魚，都不肯看見魚頭的，像是一種潔癖。或許，這是爲了慶祝中國年而做的特賣吧。城裏的中國人愈來愈多了，商家的感應是最準確的。

剛剛從鮭魚身上被削下來的新鮮魚頭，裹在保鮮膜裏。幾個黑色白色的孩子，指著魚頭發出怪叫聲，一邊做出恐怖的表情。他彎身進冰櫃翻撿魚頭，已經看上了一個，卻又不甘心的探視別的頭，精細專業的程度，可以媲美外科醫生。忽然，一隻纖細的手拿走了他原先想要的頭，他抬起頭，只看見女人纖細的背影，推著購物車，不疾不徐的走開。他對著櫃子裏整齊排列的魚頭，感到無可消解的惆悵失意。

現在，他的購物車裡也放了一個魚頭，又放了大白菜、豆腐、磨菇之類的，想著家裏有母親寄來的寬粉條和鹹肉，他的口水幾乎就要流下來了。結賬的時候，又看見了那個掠奪了魚頭的女子，黑髮的東方人，他像是要補償

什麼似的擠到女子背後。攀談之後，果然都是台灣來的，都是留學生。他細細問女子要怎麼料理魚頭，好像要確定魚頭受到較好的待遇才安心。女子說放點豆瓣醬熬一熬就成了。「可惜啊。這麼新鮮的魚頭不該這樣吃，要保存鮮味才好，應該……」他們都結完賬了還沒說完，最後，決定一人燉一鍋魚頭，再來評判誰的好吃。女人吃光了他的清燉魚頭，他吃女人的豆瓣魚頭吃得眼淚鼻涕停不了。

他們後來變成同學們最羨慕的魚頭情人，他總是說當初是爲了魚頭才和她搭訕的，她則堅持如果不是因爲對她動心，才不會攔她下來。這件公案怎麼也理不清，魚頭倒不知吃了多少，而且還打算繼續較量下去。

在茫茫江水上行船，不免有孤寂之感，有時忍不住要停下船來，就近探問一聲，同樣停泊下來的船上客，會不會竟是同鄉人呢？假若果然是同鄉，攀談幾句，應該可以安慰飄浮的心懷吧。就像在人生道途上，看見彷彿與自己同樣心性的人，那也免不了要停下來試一試，或許可以交換一些愛意。

# 長干曲

唐·崔顥

君家何處住？妾住在橫塘。

停船暫借問，或恐是同鄉。

## 原詩語譯

客途之中偶然相逢的您啊，
我想問一聲，不知家居何處呢？
我家住在離長干里很近的橫塘。
偶然相逢在江水之上，見到您的形貌，
聽見您說話的口音，我停泊下來，
只想探問一聲，咱們或許竟是同鄉呢。

# 詩人履歷表

崔顥（七〇四？——七五四），汴州人，以「昔人已乘黃鶴去，此地空餘黃鶴樓」的〈黃鶴樓〉詩聞名天下，連詩仙李白也讚佩不已。崔顥年少時便以詩名，卻被人評爲「輕薄」，主要是缺乏生活實質感受的緣故。後來到了塞上，描寫軍旅生活，蒼涼清勁，詩風起了極大變化。

崔顥在漫遊長江中下游一帶時，寫出一些富有民歌風味的小詩，如〈長干曲〉系列就是。這首〈長干曲〉還有第二首，是男方回應女子的：「家臨九江水，來去九江側。同是長干人，生小不相識。」藉著雙方的對話，描繪出一幅耐人尋味的人生場景，思鄉的情緒與盼求邂逅的孤寂，宛如湯湯流動的江水，永無休止。

# 蓄意多添線　含情更著綿

因為存著一段幽微的心事，
所以，製衣的時候，
便有意多縫幾道線，
才能更結實，
不會輕易地脫開來。
因為有著一股悄然柔情，
所以，製衣的時候，
便一層又一層地多鋪幾層綿，
才能保暖，度過嚴寒的冬季。

他坐在高樓寬敞的辦公室裏，落地玻璃可以看見遠處飛機起降，女記者正對這位四十歲的青年企業家進行訪問：「這一生裏誰是對你影響最大的人呢？」是誰呢？他微微瞇起眼，想起自己二十年來一直在尋找的那個人。二十年前是他生命裏最黯淡的歲月，也是最重要的轉捩點。

他那時在外島當兵，先是經商的父親傳來破產的消息，接著是青梅竹馬的女友要求分手，他整個人失魂落魄，望著太平洋發呆。放假時候弟兄們便湧進小島上的麵店，吃一碗牛肉麵或是打滷麵解饞，他總是低著頭，小聲的叫一碗陽春麵，怔怔地看著飄在湯上的油花，有時候眼淚就落下來了。

有一天，他意外的看見碗裏有一枚褐色的滷蛋，送麵的啞巴女孩緊張地向他點個頭，便隱進鍋爐後頭。他輕輕挑開蛋白，看著金黃色的蛋黃，整顆心莫名的顫抖起來。過去，他甚至連女孩的容貌都不曾留意，當其他兄弟諧謔女孩的時候，他有時也陪著笑。後來，他的碗裏總有一枚滷蛋，別的兄弟發現了，一旁起鬨，老闆斥責女孩，他悄悄離開，幾個禮拜都沒再去麵店。

聽見消息說女孩離開小島了，他才匆匆趕去，想起自己連謝謝都沒說。

這件事給了他很大的鼓舞作用，不准自己沉淪氣餒，他要做出點什麼，證明那女孩縱使是啞巴，卻有很好的眼力。他再也沒有找到女孩，生意上時起時落，卻都能挺得過去，妻子不知道曾經發生的故事，只知道他心情不好的時候，就替他準備一枚滷蛋。

因爲存著一段幽微的心事，所以，製衣的時候，便有意多縫幾道線，才能更結實，不會輕易地脫開來。因爲有著一股悄然柔情，所以，製衣的時候，便一層又一層地多鋪幾層綿，才能保暖，度過嚴寒的冬季。即使原本是並不相識的兩個人，也因爲某種同情與理解，而慷慨地付出關懷和情意。

茫茫人海中，時有荒涼孤獨之感，對於別人的情感，其實乃是對於自己的擁抱。

# 袍中詩

唐・開元宮人

沙場征戍客，寒苦若為眠？
戰袍經手作，知落阿誰邊？
蓄意多添線，含情更著綿。
今生看已過，結取後生緣。

## 原詩語譯

那些遠在沙場征戰戍守的兵士們，
天寒地凍而又艱苦危險，
他們是如何才能安眠的呢？
雖然從不相識，卻爲他們縫製著戰袍，
也不知道自己精心縫製的衣服會落在誰的身邊？
然而，我卻是含著深篤的柔情與體貼的蜜意，
如同裁衣給自己的知心戀人一般，
一道道縫線，縫得更牢固；一片片綿絮，添得更暖和。
其實我也知道，在這孤寂寥落的深宮之中，
這輩子是永無幸福的可能的，
但願來生眞能與你結一段美好的姻緣。

# 詩人履歷表

這是唐代開元年間（七一三——七四二）後宮女詩人作的詩，也是眾多宮女詩中頗具代表性的一首。古代後宮數以千計的女人，或因爲美貌，或因爲才華，而將終身禁錮在森冷高聳的宮牆之內，能夠獲得君王寵愛的實是鳳毛麟角。爲了打發寂寂長日，她們被要求作女紅，特別是戰時爲前線軍士縫製征衣。女詩人想像著年輕軍人離鄉背井，在苦寒塞外的痛苦，與自己告別親人進入深宮，不都是很相似的心境與命運嗎？她的心靈被溫柔的觸動了，這不再是一件尋常征衣，這是用心用情縫製給至親至愛的戰袍啊。她情不自禁的把僅存的浪漫想望，對於來世的幸福憧憬，寫成詩藏進袍中。

這件戰袍果然到了一位年輕戰士手中，他發現了這首詩，爲了擔心「欺君之罪」，戰士將詩呈報主帥，主帥呈上京城給了君王。唐玄宗追查此事，女詩人爲免罪及無辜，招認不諱，想不到玄宗豪情大發，說了一句：「就讓我爲妳結今生緣吧。」女詩人由君王賜婚，許配給了守邊戰士，遂成千古佳話。即使是絕無幸福可能的女人，也不肯放棄追求的想望，最終能夠獲得自由與歸屬，這故事或多或少應該給我們一些啓示吧。

# 「所謂伊人 在水一方」

之傾慕

那最符合理想的美好人物，

一個使我傾心戀慕的對象，

此刻正在不遠不近的水流之中，

雖然心嚮往之，

卻又難以靠近。

他探出頭來，望向巷子口，入夜以後的住宅區特別安靜，只能聽見小雨淅瀝瀝落在草葉與屋頂上的聲音。他戴著一頂帽子遮蔽雨水，臉上卻都濡濕了。他等待著她，這是最後的機會了。等著，忽然又不安的將背包裏的禮物翻出來，那是一柄錫製的拆信刀，他託朋友從馬來西亞買回來送她的禮物。因為她曾說起每次收到信都拆得破破爛爛地，「如果有一柄拆信刀就好了。」她笑著說。他記住了她的笑容，以及她提到馬來西亞有一種很漂亮的拆信刀的事，他一直記得。

他們是很好的朋友，每當有人說，男女之間沒有真正的友情，她就會挽住他的手臂說：「當然有啦！我們倆就是最好的證明嘛！」他每次都在一旁陪著笑，陪著點頭。「其實，我不想只做妳的朋友。」他說過千百次，在自己一個人的時候。

忽然，他看見她的身影出現，不只她一個人，送她回來的是下禮拜就要與她結婚的男人。他藏在黑暗的角落，看著他們吻別，男人的車駛離，她推

開門準備進去，他霍然奔到她面前。她嚇了一跳，問他去了哪兒，她說找了他好幾天。

「妳還找我……找我做什麼？」他一緊張就口吃，一口吃就覺得自己無用。

「你不把我當成好朋友了？」這麼聰明的她啊，難道還不懂得他的心意？他倉惶地搖搖頭，將背包裏的禮物拿出來：「送，送妳的。」她拆開來看，驚呼一聲：「天啊！我就是想要這樣的拆信刀。」他赬然點頭，她擁有想要的一切，他卻一無所有。

「你有什麼事要對我說嗎？」她的眼睛特別透亮，他相信自己已經被她看穿了。他想起自己磋跎的那些歲月與機會，她原本在他的河道中，是他將她送進另一個男人的流域裏的，然後，看著水上不遠不近的她，又覺得如渴如慕。因爲缺乏信心，他總在追悼那些失去的，總在哀傷那些錯過的。那一刻，他忽然覺得她的選擇是對的。他送了她一柄刀，而眞正應該斬斷的，是他的優柔與軟弱。他的最要好的女朋友給了他一個禮物，一柄看不見卻無比銳利的刀，教他斷了往昔。

那最符合理想的美好人物，一個使我傾心戀慕的對象，此刻正在不遠不近的水流之中，雖然心嚮往之，卻又難以靠近。這不就是許多人的情感最初啓蒙的經驗嗎？不管日後有著何等坎坷的經歷，這份似有若無的邂逅，永遠純粹絕對的存在於心靈深處。

# 蒹葭

詩經・秦風

蒹葭蒼蒼，白露為霜。
所謂伊人，在水一方。
溯洄從之，道阻且長。
溯游從之，宛在水中央。
蒹葭萋萋，白露未晞。
所謂伊人，在水之湄。
溯洄從之，道阻且躋。
溯游從之，宛在水中坻。
蒹葭采采，白露未已。
所謂伊人，在水之涘。
溯洄從之，道阻且右。
溯游從之，宛在水中沚。

## 原詩語譯

那生長在水邊的蒼翠蒹葭，被露珠凝成的白色霜花所籠罩著。我所戀慕的人兒啊，在水流的另一方，可望而不可即。我逆著河水向上走，道途險阻而漫長；我順著河水往下游走，卻發現伊人已經到了水流中央了。

那生長在水邊的綿密蒹葭上，可以看見還沒有曬乾的白色露珠。我所戀慕的人兒啊，正在水草滋生的岸邊。我逆著河水向上走，道路險阻而坎坷；我順著河水往下游走，忽然發現伊人已到了水中的沙洲上。

那生長在水邊的茂盛蒹葭上，白色露珠的蹤跡依然可以看見。我所戀慕的人兒啊，此刻又到了淺淺的水畔。我逆著河水向上走，道路險阻而迂迴；我順著河水往下游走，竟然發現伊人已到了水中的沙灘上。

## 詩人履歷表

詩經（約西元前一一二二年——約西元前五七〇年），由周初到春秋時代中期，現存三百零五篇。依性質分為風、雅、頌三類，包含宗教詩、宴獵詩、社會詩與愛情詩等等。「二南」與「國風」中有許多抒情小曲，在儒學禮教的束縛還未開始之前，那些男女愛怨吟唱，民間里巷歌謠，皆可以看見古代人民質樸熱烈的情感。

這首〈蒹葭〉乃是秦風的代表作品，卻與其他諸篇的風格極不相同。秦處西北，冬日酷寒，他們的詩歌多表現出尚武精神與悲壯情調。〈蒹葭〉詩秋霜滿目，表現手法淡遠卻一往情深，它的飄渺與悽美很能動人心弦。那種對於思慕之人的憧憬、追求、失望與惆悵的心情，是幾千年來有情人共同的生命經歷，也是甘願領受的痛楚與甜美。

# 「易求無價寶
# 難得有心郎」

之傾慕

假若夠努力，

夠投入，

在都市生活中想要出頭，

或者想要功成名就，

都不是困難的事。

然而，

想要在詭譎多變的人世間，

尋訪到眞心誠意的靈魂伴侶，

卻總是那樣的艱難。

她後來還是去了同學會，這是畢業後十五年第一次舉行同學會，聽說還有同學要從國外趕回來參加呢。負責連絡的同學因爲亢奮尖起聲音：「呵！他們都說我不可能找到妳，沒想到我運氣這麼好。妳是我們班上最有成就的耶，如果妳能來參加，眞是不得了。」停了停，她又說：「但我想，妳一定沒時間和我們混的啦，妳是大忙人呢。」

那個週末中午，她倚在高樓的帷幕玻璃邊，看著霧氣濛濛的城市，忽然決定去參加同學會，反正會場距離不遠，反正週末很閒。事實上，她一直都是寂寞的，好幾次無疾而終的戀愛，那些男人眼中看見的是她的成就，她的光華，而不是她。

她進飯店之後，舉目四面張望，忽然有人叫她的暱稱「桃桃」。這種呼喚已經好多年沒聽見了，難道竟是……她轉頭，就看見了他。還是那樣大剌剌地，穿件獵裝外套，微微戽斗的下巴向她揚起：「嚇！我一看就知道是妳，怎麼樣？忙吧？」他的問法好像她是個教師或銀行職員，她竟然喜歡他的問

候方式。

他是她的同學，曾經，他們差一點戀愛，卻因爲她太實際，他太不實際而作罷。她問他結婚沒有？「哎！妳知道的，我老是關心那些看不見的事，沒女人受得了我。」他們一同進入會場，整個下午她都看著他，看著他的風趣和天眞，也看著他的誠樸和細膩。

會後她正想打電話叫車來接自己，他忽然走來：「要不要我送妳去坐車？妳一定迷糊地忘記帶傘了吧？」她改變主意點點頭，與他一起走進雨中，他問她要去哪裏坐車？她斜睨著他：「我肚子餓了，不請我吃飯？」他帶她去了他們以前約會的老舊西餐廳，點了羅宋湯和蒜麵包，她掰開麵包的時候，他說：「我特地從美國回來，是想看看妳，只是想看看妳。」她的眼淚忽然上來了，忽然覺得好委屈，像十幾年前一樣，在他面前肆無忌憚的哭泣起來。

假若夠努力，夠投入，在都市生活中想要出頭，或者想要功成名就，都不是困難的事。然而，想要在詭譎多變的人世間，尋訪到真心誠意的靈魂伴侶，卻總是那樣的艱難。有時候，不妨發揮積極爭取的勇氣，去尋找符合心中理想的那個人，愛的道途上，只有不斷嘗試，懂得把握的人，才能獲得幸福。

# 贈鄰女

唐·魚玄機

羞日遮羅袖，愁春懶起妝。
易求無價寶，難得有心郎。
枕上潛垂淚，花間暗斷腸。
自能窺宋玉，何必恨王昌。

## 原詩語譯

美麗的鄰家女子，
白天時用衣袖遮住臉，
春日裏更添愁緒懶得妝扮，
都是有原因的，
她深深慨嘆著，像她這樣的女子，
在人世間求得無價的珍寶，是很容易辦到的事；
想要獲得一個志誠的心靈伴侶，卻是如此的困難。
爲此她夜夜在枕上暗自垂淚感傷，
爲此她經過花叢間也不免有了斷腸的思量。
然而，既然已有了這樣的才貌，
那麼，只要再鼓起勇氣，主動爭取，
便是宋玉這樣的才子也能求得的，
又何必怨恨王昌這樣的才子，若即若離的態度呢？

## 詩人履歷表

魚玄機（八四四？——八六八），字幼微，是晚唐女冠詩人的代表作家。她的風姿綽約，才量不讓鬚眉，十五、六歲便嫁與補闕李億爲妾。他們曾經有過一段自由甜蜜的生活，然而，李億元配的嫉妒，加上李億熱情的消退，使他們之間的情愛漸漸冷淡下來。不得已的情況下，玄機入咸宜觀爲女道士，一面漫遊各地，一面與當時名詩人相唱和，像是李商隱、溫庭筠等人，都與她過從甚密。

魚玄機曾在觀看科舉榜單時，慨嘆自己不是男兒身，不能一展抱負；也在目睹鄰家少女終身不能自主，自怨自艾時，提出自擇良人的主張，然而，她的一生卻在情欲的反覆中載浮載沉，不能掙脫。最後，因爲猜忌而鞭笞侍女綠翹至死，玄機走進暗黑的甬道，再見不得光。她在那年秋天被斬首，也留下一個舊時代悲劇女子的典型。

之傾慕

# 「東邊日出西邊雨 道是無晴卻有晴」

在愛的期盼與追求中，
總是有那麼多起伏不定的情緒，
就像是東邊出現
豔陽高照的好天氣，
西邊卻是飄著雨的陰霾抑鬱。
難以揣測的天氣變化，
如同難以捉摸的情人心意，
說是無情卻還有意，
不免使人又憂又喜。

他已經決定了，畢業以後，一切就要結束。他對她的眷戀；他對她的癡情，所有認識他們的人都知道。

他仍清楚記得那一次她失戀了，忽然從班上消失，沒人找得到，是他在校園僻靜的那叢綠竹林裏找到她的。她的眼睛紅腫，看見他的時候，張開臂膀，是一個要求擁抱的姿勢。他什麼話也沒有說，全心全意的擁抱住她，在擁抱中，他止不住顫慄。可是，她並沒有與他在一起，她和別的男孩子戀愛了。她躲避他的眼光，她每次在他面前笑得特別狂浪。他的心一片片碎裂了，接下來的日子都是煎熬，只等著畢業，畢業以後就不必再這樣繫念愛戀著她了。

畢業後他在島嶼最南方的國家公園裏擔任解說員，忽然接到她的電話，說自己來到南方出差，不知道能不能見他一面：「我想，可能挺近的，我剛旅行回來，帶一份小禮物要送你，如果方便的話……」他立即答應她，馬上去見她。雖然，從公園去她暫棲的市鎮要兩個多小時，雖然，她甚至沒有說想念。

他騎車沿著山的輪廓飛馳，斜斜的雨絲遮住視線，許多往昔的回憶一齊湧上來，她說過，因爲這樣的情誼太純粹美好，所以不願意冒險改變。他從也不願迫她涉險，儘管他一向認爲，追求幸福總有點冒險。於是，這些年來他獨自闖過一程又一程風雨。

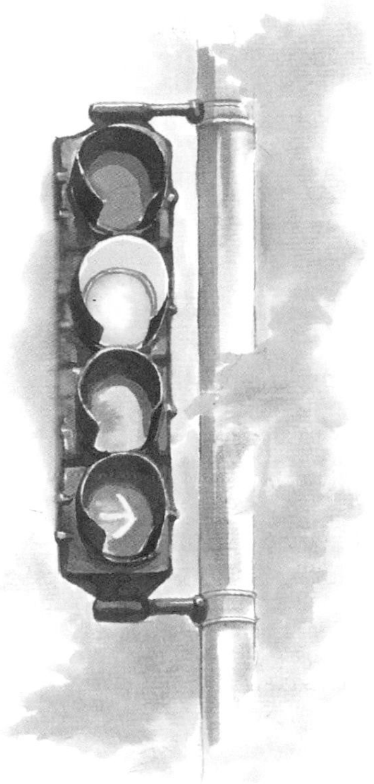

等紅燈的時候，他抬頭望向遠處，驀然發現，在她停留的那個方向，一輪紅紅的落日，正緩緩地燃燒著。一聲召喚，一片晴空，一份不肯滅絕的盼望。抹了抹濡濕的臉，他獲得極大安慰的笑了起來。

在愛的期盼與追求中，總是有那麼多起伏不定的情緒，就像是東邊出現豔陽高照的好天氣，西邊卻是飄著雨的陰霾抑鬱。難以揣測的天氣變化，如同難以捉摸的情人心意，說是無情卻還有意，不免使人又憂又喜。然而，懂得情感的人，總是可以從霎時出現的晴光中，獲得激勵與鼓舞。

# 竹枝詞

唐．劉禹錫

楊柳青青江水平，聞郎江上踏歌聲。
東邊日出西邊雨，道是無晴卻有晴。

## 原詩語譯

春天裏青色垂條的楊柳絲，
整齊的掛在江水上，一望無際地綿延著。
雖然看不見我心所屬的情郎，
卻聽見他嘹亮的歌聲隱隱飄揚著。
此時天氣出現了東邊日出，西邊飄雨的景象，
這種變幻莫測、難以捉摸的情況，
也就像是我與情郎之間似有若無的情意。

## 詩人履歷表

劉禹錫（七七二——八四二），字夢得，爲匈奴後裔。安史之亂時全家避居於嘉興，乃自稱「余少爲江南客」。他曾任職員外郎，爲革新的核心人物，也因革新失敗遭貶。現存詩歌約八百餘首，他的詩「無體不備，蔚爲大家」，對宋詩極具影響。

詩人同時也很關心民間歌謠的發展，當禹錫在西元八二二年貶爲夔州司馬時，常常見到里巷之中的男女聯歌〈竹枝〉，吸引了他的注意。〈竹枝詞〉是唐代巴、渝（即今之四川省東部）一帶的民歌，融合了歌詞、音樂、舞蹈爲一體的民間藝術，聲調宛轉動人。劉禹錫以女子的口氣與心態，描摹在撲朔迷離的愛意中的困惑與甜蜜，寫成兩組有名的〈竹枝詞〉，洋溢著濃郁芳香的鄉土氣息。

# 「萬人叢中一握手
# 使我衣袖三年香」

之傾慕

茫茫渺渺的人海中，
我最想遇見的人就是你，
縱使要經歷多少歲月；
縱使曾錯失多少機會，
我仍在認眞盼望。
在那千萬人中，
只一次傾心的交握雙手，
便已足夠。
我的衣袖將存留你的丰采煥發的芳香，
久久也不消散。

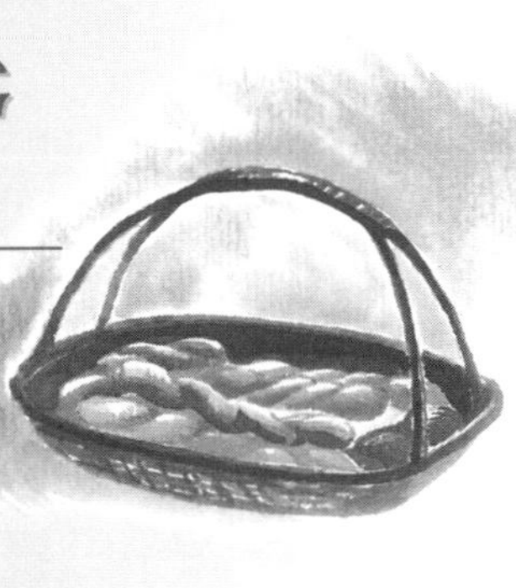

他去看了一場畫展，畫家剛剛得到美國一項藝術獎，報紙、電視整天宣傳，場中擠得水洩不通，然而，他並不是因爲畫家得獎才注意起來，他在前兩年就發現畫家的畫中，那種不安定的狂情與極欲掙脫的力量，使他著迷。

他在畫廊不顯眼的角落，看見畫家的黑白側影，有一陣子的暈眩，分明是早就認識的，雖然從未謀面。那年夏天，他十八歲，開始寫詩。畫家那時已經三十幾歲了。他知道他們不會有任何交集，只是，他清清楚楚明白，他是因爲畫家而創作，而成爲一個詩人。

他蒐集畫家所有的資料，每一次畫家開畫展，他便出一本詩集，十五年下來，他成爲一位小有名氣的詩人，出過十二本詩集。那年，畫家在紐約林肯中心辦「半生回顧展」，他訂了機票，越過半個地球去看展覽。

是寒冷的冬天，剛剛下過一場雪，然後便是連雪花都凍結了的冷進骨髓。

他探知了畫家哪一天會出席畫展，算準時間進場，一眼便看見畫家，五十歲的優雅沉穩和溫柔。畫家一手攬著妻子，一手擁著女兒，面對記者的採訪，從容作答。他再不能等，天知道他已經等了多少年？他越過許多人，像一尾逆流而泅的鮭，直接到了畫家面前，他將手中一捧詩集奉上。

「這些都是爲你寫的。」他深吸一口氣：「握個手，好嗎？」畫家似乎被蠱惑住，伸手握住他，那樣的溫度彷彿替他過往的冰霜歲月取暖，他忽然垂下頭，淚水洶洶而至。

不知道自己是怎麼從那樣的手掌中離開的？他覺得這一生已經足夠。他再不會寫詩了，自今爾後，他已經擁有比詩更珍貴更華麗的記憶。

茫茫渺渺的人海中，我最想遇見的人就是你，縱使要經歷多少歲月；縱使曾錯失多少機會，我仍在認眞盼望。在那千萬人中，只一次傾心的交握雙手，便已足夠。我的衣袖將存留你的丰采煥發的芳香，久久也不消散。情感的動人處便在於，有時僅僅儲藏在我們的心靈深處，卻成爲支撐生命的力量，不需要回報，甚至也不需要告知，如此純粹耽美。

# 投宋于庭

清・龔自珍

遊山五嶽東道主，擁書百城南面王。
萬人叢中一握手，使我衣袖三年香。

## 原詩語譯

你的氣魄壯闊豪邁，喜歡遊訪山河，
彷彿是擁有三山五嶽的主人一樣。
你的學養淵博深厚，藏書如此豐富，
就像是擁有經典版圖的諸侯一樣。
因爲對你景慕以久，一次短暫的會面，
雖然只能匆匆交握雙手，
我的衣袖上卻已沾染了你的香氣，
這香氣長留歲月中，
不散不消，如同思念。

# 詩人履歷表

龔自珍（一七九二——一八四一），號定盦。他的外祖父是文字學宗師段玉裁，母親段馴是一位女詩人，因此，從童年起便在堅實的舊學與詩學中被教養培育著。他不僅是詩人，也是思想家，他的目光遠大，能夠洞燭先機，並具有「澄清天下」的抱負。可惜，那是封建風氣登峰造極的時代，整個社會的思想都是盲目自大謬誤的。他成爲一流政治家「迴旋天地」的夢想，終究無法實現。

然而，他在詩中表現出來的細膩獨特的情感觀，和與眾不同的情感經驗，確是令人耳目一新的。像是寄給朋友的這首詩，將細緻的一個握手的感官經驗，延伸爲無比深邃，無比浪漫的強烈心靈感受。又像是著名的「落紅不是無情物，化作春泥更護花」，則可視爲主張鮮明的情論了。五十歲那年自珍因避仇告歸，匆匆南下，卻死於道途之中。傳說他乃是與親王之妾有私情，事跡敗露才招來殺身之禍的。這傳言不啻爲他多姿多彩的人生，更添上一筆神秘風流的韻事。

# 青青子衿
# 悠悠我心

之傾慕

就是那種青碧的顏色，
環著他頸項的衣領，
已經成為一種鮮明的印記，
標示著我的歡喜憂傷與綿綿情意。

她從來就不是那種新世代的戀物癖女生，雖然她是年輕的，卻不能理解，在速食店前頂著烈日大排長龍的人們，購買日本玩偶的心情。「這些人的心裏一定有缺口」，她將這個發現告訴朋友：「他們以爲，一個小小的可愛玩偶，就可以塡補那些缺口」。

在一次公司舉辦的產品發表會上，她負責接待從日本來的客戶，這位江口先生看起來很年輕，剪短的黑髮有精神地肅立在頭上，穿著合身的西裝，淺色襯衫，臉上的笑意親切溫柔。她注意到他總是結一條銀湖藍的領帶，那種藍色很特殊，很少見，將他的面容映照得明亮起來。

有一回，他們一同行過街道，海風穿越大廈強勁襲來，一陣風過，她直起身子，看見身旁的江口的領帶被掀翻到肩背上，而他顯然並無知覺，孩子似地笑著驚歎，好大的風。她鼓起勇氣，伸手把領帶撥下來，就像掀翻了一條銀藍的江水，她的心中波瀾興動。

江口要離開前晚，她請他吃飯，一不小心打翻了紅酒，情急之中，他用

領帶拭淨她裙上的酒漬。紅酒染在她的灰色裙襬，也染在他的湖藍領帶。而她清楚知道，他終究是要離開，就像他的姓氏：江口，江水自此流入海口，一去不返。

她一直想找一條同樣色澤的領帶寄給他，她變成一個喜歡逛男裝部的女生，尤其是領帶專櫃，有好幾次她以爲找到了，結果仍有差異。她已經把那樣的顏色記憶得分毫不差了，不容矇混。她就是這樣戀上領帶的，每一次觀看成排的領帶，便有一種說不清的喜悅期待。她還記得自己說過的，關於戀物與缺口的理論，她知道自己的缺口，那缺口隱隱作疼，細細甜蜜。

就是那種青碧的顏色，環著他頸的衣領，已經成爲一種鮮明的印記，標示著我的歡喜憂傷與綿綿情意。戀上一個人之後，我們才發現，思念的情緒竟是以各種不同的方式存在著的，如此明確而熱烈。

# 子衿

詩經・鄭風

青青子衿，悠悠我心。
縱我不往，子寧不嗣音？
青青子佩，悠悠我思，
縱我不往，子寧不來？
挑兮達兮，在城闕兮。
一日不見，如三月兮。

## 原詩語譯

那穿著青碧衣領的男子，
便是我心中最悠長纏綿的思念啊。
我不能去探望你，是不得已的，
怎麼你竟連一點音訊都不捎給我呢？
那繫帶著青碧玉珮的男子，
便是我心中最難割捨的愛戀啊。
我不能去探望你，是不得已的，
怎麼你竟也不肯到我這裏來看一看呢？
來來回回在等待中，邁著匆促而失神的步伐，
我在城上僻靜的角樓與你相約，
這是一種多麼迫切的渴望情緒啊，
雖只有一天不見，
卻感覺彷彿已離別隔絕了三個月了。

## 詩人履歷表

詩經（約西元前一一二二年——約西元前五七〇年），由周初到春秋時代中期，現存三百零五篇。依性質分爲風、雅、頌三類，包含宗教詩、宴獵詩、社會詩與愛情詩等等。「二南」與「國風」中有許多抒情小曲，在儒學禮教的束縛還未開始之前，那些男女愛怨吟唱，民間里巷歌謠，皆可以看見古代人民質樸熱烈的情感。

在十五國風中，「鄭風」有許多著名的情詩，如：〈將仲子〉、〈女曰雞鳴〉、〈有女同車〉、〈野有蔓草〉等。這一首〈子衿〉以層層遞進的方式鋪陳相思的情感，錯落有致，並造成鮮明的節奏感與韻律感。只是一個衣領，卻可以寄託如此深厚的情意，唯有眞正愛戀過人的才能領會吧。

# 夏日合歡

夏日合歡

# 相逢畏相失
# 并著木蘭舟

偶然能夠相知相逢，
是多麼幸福的事，
然而，喜悅中仍有著潛藏的憂慮，
擔心稍不留神便失去了、別離了。
因此，將我們倆的小舟靠近，
靠得更近一些，更久一些，
讓這美好的剎那靜止。

六點十分，明晃晃的辦公室裏，每個人都埋頭苦幹，她抬頭環顧一圈，知道今天又要加班了。於是，她輕巧起身走到樣品室旁的茶水間，推開窗，望向下方的防火巷。那裏停著一輛摩托車，一個男人。「嗨！」她壓低了聲音，費力呼喚。男人抬頭望見她，開心的笑起來。她指指手錶，惆悵的搖頭，示意男人不必再等。男人無所謂的聳聳肩，攤開手裏的雜誌，好整以暇的坐在車上，閱讀起來。

爲了她，男人在附近找到工作，爲了可以在狹窄的巷裏等她，男人總騎著摩托車。車子停在這裏，想等多久都可以，男人喜歡等她一起回家。

她拿出預藏的繩子，栓一罐冰可樂，順著窗子懸吊下去，男人仰頭等待著。她俯在窗上，忽然覺得防火巷是一條溪流，這個男人泊在她的碼頭，正伸出手接住她送下去的，叫做愛情的東西。他的手指扯開拉環，白色氣泡噴湧而出，像一種歡慶，歡慶幸福，她掩住嘴忍不住笑出聲來。

城裏的人們忙碌躁動，鼓起的氣流如水流，將兩個有緣人漂流到了一

處，偶然能夠相知相逢，是多麼幸福的事，然而，喜悅中仍有著潛藏的憂慮，擔心稍不留神便失去了、別離了。因此，將我們倆的小舟靠近，靠得更近一些，更久一些，讓這美好的剎那靜止。在相愛的時刻，常有人恐懼不能久長，患得患失，連相聚的時光也辜負了。詩人描摩出天眞炙熱的一對戀人，正因爲下一刻可能相失，這一刻才更努力地緊緊相守。

這首詩的特色，在於描寫

工作中的兩情相悅，非常生活化。愛情並非超越生活的，也不獨立於現實之上，懂得浪漫的人，卻可以將尋常生活的事物經營出不尋常的趣味，深深體悟到，愛情，便是生命裏的一場歡慶。

# 采蓮曲

唐·崔國輔

玉漵花爭發，金塘水亂流。
相逢畏相失，并著木蘭舟。

## 原詩語譯

明秀如碧玉的水中，
蓮花吐芳鬥豔地綻放著，
被陽光照得金波燦亮的水塘，
因爲采蓮舟彼此爭競，
竟使水波迴旋亂流起來。
也就在這樣的水流中，我們相逢了。
喜出望外的同時，
又擔心下一次的迴旋之後會被沖散，
此刻，就讓我們將美麗的木蘭舟併攏在一起，
共享眼前的甜蜜時光。

# 詩人履歷表

崔國輔（生卒年不詳），約與李白、杜甫同時，乃開元年間擅長絕句的詩家，可惜他的詩集已經散佚。不過，在現存的詩中，仍可以看見較多描寫宮怨的作品，他細膩揣摩了深宮女子無力與時間和寂寥抗衡的心情，還加入了對歷史滄桑的無常之感。或許因爲故鄉在江南吳郡（今江蘇蘇州），他在詩中常用水的意象，水的迴旋中，有情人兒歡喜相遇了；水的流動間，侶朋親愛惆悵別離了。然而，水仍有意無意的纏綿迴轉著，多少愛怨嗔癡的故事，永不止息。

# 「不知奴處山低月出早
# 還是郎處山高月出遲」

## 夏日合歡

在約好時間的等待中，
每一個時刻都顯得迂緩難熬，
等待的情人還沒出現，
忍不住開始猜疑，
莫不是因爲時間的緣故？
我這裏的時間過得快了些，
而你那裏的時間
偏又走得慢了點？

他不知道她到底明不明白，他在離開之前對她說的那句話：「不管我走得多遠，只要妳想見我，我就會到妳面前。」她那時停了兩、三秒鐘，然後說：「好哇！我知道了。」她到底是不是眞的知道了呢？

他此刻站在蘇活區的街道上，等待著突然來遊學的她，她的行程原本只到西岸，卻又特意安排了來紐約。「我來探親，來看看紐約。」她就這樣來了，和他約了蘇活區見面，說好下午三點鐘。她沒出現，他來回踱著步子，在圓石鋪成的地面上。擔憂的想，她會不會弄不清時間啊？現在的她有台北時間、西岸時間和紐約時間，約好三點鐘的時候，她想著的到底是哪裏的時間呢？

他忽然就看見她了，穿著短衣短褲，背著背包，好像趕了很長的路，像一個流浪的旅人一樣的出現在街道那頭，他想過要站著優雅的等她走來。可是，他發現自己奔跑過去了，一刻也不能等待的跑向她。

「怎麼只有妳自己一個人？不是有親戚嗎？」他問。她無所謂的樣子笑起

來：「你就是我的親戚啦，我來探望你嘛！就是不認路，遲到了。對不起哦。」他驀然不知道該說什麼才好了，原來，她一直都懂得的，她想見他，自己來到他面前。他緊緊握住她的雙手，覺得了一個女孩子內在強大的力量，因爲愛情的緣故。

「剛才我還擔心，妳弄不清時間呢。」

「我是弄不清啊，」女孩舉起雙手給他看：「所以，你走了之後，我就戴上兩隻錶，左邊是我的時間，右邊是你。」在夏天僅僅差一個小時的時針分針，左手的黑夜與右手的白晝，她用這樣的方式在她的時間裏，揣摩他的作息。

在約好時間的等待中，每一個時刻都顯得迂緩難熬，等待的情人還沒出現，忍不住開始猜疑，莫不是因爲時間的緣故？我這裏的時間過得快了些，而你那裏的時間偏又走得慢了點？時間，見證了所有的思念與等待，見證了每一刻的歡會與濃情。我們的情愛，在時間裏被記錄；時間也被我們執著的愛情所馴服。

# 吳歌

明・佚名

約郎約到月上時，
看看等到月蹉西。
不知奴處山低月出早，
還是郎處山高月出遲？

## 原詩語譯

和情郎相約見面的時間，
是在月亮剛剛出來時。
等啊等的直等到月兒已經在磋跎中偏西了，
卻還不見人影。
不知道是我這裏的山坡比較低，
見月較早？
還是情郎那兒的山高，
月兒出來的比較遲呢？

## 詩人履歷表

中國民間一直都有著屬於里巷男女的俚俗歌謠，他們在唱和中抒發自己的情感，只是多數失散了。明代的民歌是較幸運的，被當時文人如馮夢龍等人蒐集整理後，出版流傳。這首〈吳歌〉，是被田汝成收錄在《西湖遊覽志餘》中的三首之一，流行在江南一帶的民歌。

「吳聲歌謠」乃是吳地的歌謠，生發地在太湖流域，充滿曼麗宛曲的情調。因爲太湖流域的人們生活安定，較少飄流思鄉的情感，所以，情歌中的題材也多是約會歡愉的情緒。即使是等不到情人赴會的夜晚，仍抱持著樂觀的想法，以爲情人是被時間耽誤了，下一刻就會出現踐約。

夏日合歡

# 「待得天晴花已老 不如攜手雨中看」

一直等待著欣賞花開的好時機，
如生命中最繁盛的一場饗宴，
想要與所愛共享，
在晴日碧空的燦陽之下。
然而，好容易等到天晴，
卻發現美麗的花已然凋謝。
早知道美好難留存，
就該牽著情人的手冒雨觀賞，
把握瞬間的珍貴。

認識她的時候，被她臉上無憂無慮的笑容深深打動，他覺得她就是那種看一輩子仍興味不減的女人。他喜歡講笑話給她聽，看著她笑得彎下腰去，看見她因笑而閃動淚花。他們愈來愈接近，他想要擁有她的意念愈來愈強烈，才猛然想到自己。他沒有固定的工作，他沒有積蓄，他一無所成，那種想要愛她又不能認同自己的情緒，日以繼夜折磨著他。

有一天，在夏日的蓮花池畔，她笑得把臉埋在長裙裏，久久，抬起頭，眼眸清清亮亮地，她問：「等我們都老的時候，你還會說笑話給我聽嗎？」

「我是個浪子，老了不知道在哪裏。」他是這樣回答她的。他認定了自己不能愛她，不能給她幸福，所以也不給承諾。從那一刻起，他眞的成了一個浪子，浪跡天涯。不管飄泊到哪裏，她的笑容都揮之不去，像心上的胎記。許多年後他發達了，回到故鄉去，看見了她和她的丈夫，他們在夜市裏擺攤子賣盜版CD。

他和她一照面，看見她的眼睛的時候，就知道她不快樂，她再也不會有令

他魂牽夢縈的那種笑容了。他驀然感覺到嚎叫不出的疼痛，知道自己失去了今生最美好的部分。

一直等待著欣賞花開的好時機，如生命中最繁盛的一場饗宴，想要與所愛共享，在晴日碧空的燦陽之下。然而，好容易等到天晴，卻發現美麗的花已然凋謝。早知道美好難留存，就該牽著情人的手冒雨觀賞，把握瞬間的珍貴。話雖如此，在愛戀中我們總免不了許多莫名的顧忌，總誤以為有一大把時間可供揮霍，總因為信心不夠而告訴自己，這並不是最好的時機，將來有一天……卻沒想過「將來」存在著多少變數。

一定要等到等待都成空，才能明白時光的無情與自己的怯懦。

# 雨中看牡丹

唐・竇梁賓

東風未放曉泥乾，
紅藥花開不耐寒。
待得天晴花已老，
不如攜手雨中看。

春天的暖風仍未吹起，
前夜雖下了一陣微雨，
天亮時泥土也乾了，
又名芍藥的紅色牡丹花開放了，
卻不耐天地中的寒氣。
倘若有心看花就要趁早，
否則等到天晴，花兒都凋謝了，
不如牽著手，冒雨欣賞牡丹的姿容，
也共享甜蜜的美好時光。



## 原詩語譯

## 詩人履歷表

竇梁賓（生卒年不詳），是唐朝女詩人，就像歷史上許多有才華或是有抱負的女子一樣，她們的生平都被隱沒了，除非，她是某個有名的男人的妻妾、女兒或姐妹。竇梁賓是盧東表的妾，她的丈夫既沒有特別的名望，她的資料自然更不易尋。在收錄唐朝詩人與詩作的《全唐詩》中，可以見到她兩首詩，已經是很難得的好成績了。值得注意的是，女詩人的詩作，並沒有流露出自傷自憐的閨怨情調。

在這首〈雨中賞牡丹〉的詩中，積極樂觀的審美態度，是很健康的。另一首描寫丈夫進士及第的詩，歡喜雀躍，充滿細微的動作與聲音，全是掩抑不住的自然本色，一個慧黠活潑的好女兒宛然紙上。見其詩想見其人，女詩人以短詩完成了她自己的圖象，千百年後仍引人遐思。

# 莫以今時寵
# 難忘舊時恩

夏日合歡

情愛是很難規範的，
不管是發生或結束，
都由愛自主，非關男女。
即使今時今日是倍受愛寵的，
身心不虞匱乏，
卻仍然難以忘記曾經愛過的人，
曾經愛過的自己，
那些深厚的、細微的，
生命裏閃耀的時光。

他將車子駛進巷子，在舊式四層公寓門前停妥，替身邊的她解開安全帶，微笑地說：「去吧。」她的眼睛微微潤濕，看著他：「其實，你不必送我來的。」

每一次，他堅持送她來，她總是這樣的神情，說著同樣的話。每一次，他的內心都受到刺灼的痛楚，但他仍然堅持這樣做。「兩小時以後，我來接妳。」他繞下車為她打開車門，看著她按電鈴，看著她走進打開的門裏，她的最後的歉疚與悲傷的眼眸，讓周圍流動的空氣都靜止。

片刻之後，他發現自己失神地站在巷子裏，然後，他嗅到夜空中飄散著茉莉花香。就是這樣的氣味，他想起她曾對他說起往事，說到她往昔的戀人住家附近，六月天的時候，總是飄著淡淡清香味，他們就是在這樣的季節與氣味中相戀的。他們愛得深刻熱烈，然後，她的戀人突然遭逢意外死去。

這是兩年前的事了，那男人的肉體已然死去，愛的靈魂卻強悍地霸住她的記憶與知覺。從他發現自己愛戀上她的那刻起，便知道無論多麼努力，也

不能將另一個男人，從她生命裏驅趕離開。他只好陪著她思念，陪著她哀傷，甚至陪著她來探訪那男人的父母親。所有人都替他不值，但，他就是愛她，連她這樣的癡執也一道愛上了。

她走出公寓時，看見他站在車旁等待，一如往常，不同的是他捧著一盆小小的茉莉，臉上有一種神秘的笑意。她走上前，接過他遞來的茉莉，一低頭，眼淚就流了下來。這是第一次，她爲他落下淚來。

情愛是很難規範的，不管是發生或結束，都由愛自主，非關男女。即使今時今日是倍受愛寵的，身心不虞匱乏，卻仍然難以忘記曾經愛過的人，曾經愛過的自己，那些深厚的、細微的，生命裏閃耀的時光。有人或許以爲，要完全遺忘舊愛，才能重新再愛。卻也有人將愛過的印記烙在心上，像一枚玫瑰勳章，在蒼茫的人世裏，重溫美麗的綻放經歷。

# 息夫人

唐・王維

莫以今時寵，難忘舊時恩。
看花滿眼淚，不共楚王言。

## 原詩語譯

別以爲今時今日的榮寵，
就會讓人輕易遺忘往日的恩情密愛。
看那楚王宮中被擄掠而來的息夫人啊，
她每每看著春日繁花盛放，
便忍不住落下淚來，
卻終身都不肯開口對楚王說一句話，
只爲了心中癡執的往昔深情。

## 詩人履歷表

王維（七〇一——七六一），字摩詰。他從十五歲開始作詩，是早慧的詩人，並有音樂與繪畫的藝術天份，一幅「雪中芭蕉圖」，開啓了中國繪畫浪漫派畫風。他成名甚早，年輕時即因爲高潔的人格與丰儀，成爲薛王、寧王的座上客。這首〈息夫人〉便是在寧王府中宴會上所賦得的詩。

寧王是唐明皇的兄長，貴盛一時，曾將鄰居賣餅人美貌妍白的妻子據爲己有，寵愛有加。有一回寧王問賣餅妻：「還想念賣餅師嗎？」她沉默不語，寧王於是召來賣餅人，夫妻相視不能一語，唯有相對垂淚而已。當時王維正在王府作客，便以「息夫人」的典故吟誦此詩。春秋時代楚王滅息國，並佔美貌的息夫人爲妻，她在楚宮中生了兩個孩子，卻終身不對楚王說一句話。王維此詩打動寧王，立即將妻子歸還賣餅師，使得他們夫妻團圓。

王維是深刻體會人情之細微與艱難的，他同情弱者的苟活，也讚揚堅守初心的執著。他在妻子死後，孤居三十年而不另娶，或許也是另一種愛的實踐。

夏日合歡

# 「人人要結後生緣 儂只今生結目前」

因爲我的愛情
如此絕對而美好，
所以，我不寄望來世，
也不等待未來，
我要的就是今生今世
與情人的深情繾綣，
哪怕只有短短的一時一刻也値得。

她從信箱裏抽出一張喜帖，交給母親，母親拆開來用誇張的語調說：「哎吆！連胡太太那個女兒都嫁出去了吆。」她不動聲色地，將行李放好，換上輕鬆的衣裳準備出門。穿鞋的時候，母親問：「又要去找那個人？」她剛從國外出差回來，不想引起爭端，所以未置可否。「不是我說，妳要面對現實嘛！這一輩子是不可能的事了，你們只好等下一輩子了。」她把鞋帶繫緊，出門去了。投入城市另一端的情人懷抱。

初相遇的時候，她也認爲這輩子是不可能的事了，那個人對於她的困惑與堅持倒是毫不在意的，或許是早就習慣了：「都是這樣的，女人接受我對她們的情感，卻不能接受我這個人。」

她決定連那個人的好意與情感也不接受，這樣是否就能減少一點傷害？那人卻已經不可自拔的陷落下去了，想盡一切辦法找到她，對她說：「我不需要妳接受我這個人，只是，妳不要拒絕我。」

「我們這輩子，是不可能的。」她察覺到自己說這句話的時候，在哀傷中

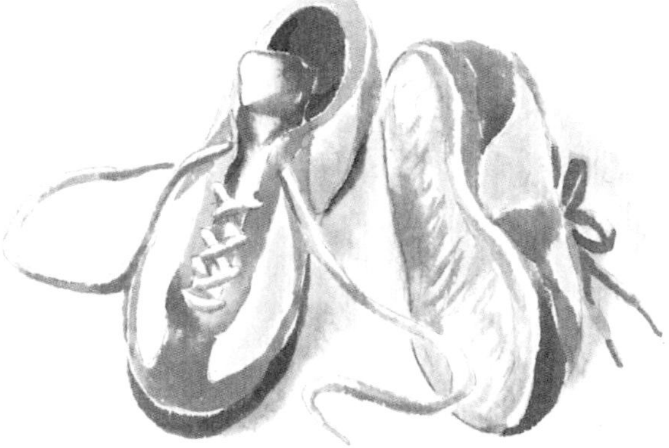



顫慄。

「我並不想要這輩子，我只要此時此刻，只要妳能讓我愛妳，哪怕只有一天……」那個人懇切的對她說。

她專注地看進那人的眼眸，那人是個女子，與她一樣，但，那人的內裏有著極遼闊的深厚情意，完全包容她，如此安全而自由。

她曾想過如果情人是個男人，她曾想過或許要等到下一世，可是，等她們眞的開始相戀，她才明白，不管是怎樣的憧憬與夢想，都比不上這一輩子，與相愛的人緊緊廝守在一起。

當戀人們在現實中遭遇挫折的時候，在

淚水中注定分離的時候，便會將所有的希望，結合的可能，都寄託在來生。因爲正因爲愛情如此絕對而美好，所以，我們不寄望來世，也不等待未來，要的就是今生今世與情人的深情繾綣，哪怕只有短短的一時一刻也值得。在愛戀中懂得把握和爭取，絕不自怨自艾，便是時間的勝利者。

# 山歌

清・黃遵憲

人人要結後生緣，儂只今生結目前。
一十二時不離別，郎行郎坐總隨肩。

## 原詩語譯

人們總是說要結下一輩子或下下輩子的緣份，
彷彿這樣便可以天長地久似的。
我的願望卻不想寄託在那渺不可及的來生，
只想要今生今世的此時此刻。
一天十二個時辰都不分開，
隨著情郎同進同出，
片刻也不離分。

## 詩人履歷表

黃遵憲（一八四八——一九〇五），字公度。曾出使日本爲參贊，後赴英國，又調任舊金山與新加坡總領事。晚年歸國後參與戊戌變法，變法失敗乃罷官。黃遵憲一生從未離開政治，他的詩作，具有豐富的政治內容，多以強大生命力召喚國人的覺醒。因爲詩歌清新淺白而不朦朧，深受時人歡迎。

這首〈民歌〉則以中國民間流傳已久的民歌體製作成，文字俗白，情感深切熱烈，並無含蓄婉約之美，卻有著市井小民最直接白描的眞實情愛。

夏日合歡

# 「上宿鳥比翼 下坐人同心」

就這樣倚靠在一棵樹下，
抬起頭可以看見雙飛的鳥雀，
恩愛的宿在窠巢中。
鳥兒若往樹下看，
便可以見到相依相愛的兩個人，
因為心意相同，所以深情繾綣。

她一直不知道自己要過什麼樣的生活，因爲她的身邊始終圍繞著許多追求者，她看不清那些來來去去的人，有時甚至也看不清自己。

後來，她遇見這個唸植物系的男生，男生從不刻意討好她，也不帶她去高級的餐廳。他會問她：「要不要看竹子開花？」於是，他們進入山裏去了。坐在開滿花的竹林裏，男生從背包中取出點心，笑著招呼她：「快來快來，吃野餐囉。」又有一次，男生問她：「認不認識水筆仔啊？」她搖頭，男生帶她去坐了最後一班淡水線火車。她記得後來是她去找男生：「什麼時候帶我去看水韭啊？」

男生後來變成她的丈夫，他們搬離鬧市，到山裏的溪谷間，蓋了一幢木造房屋。她在附近的小學教書，丈夫在屋旁闢了一方園子，種植藥用草木。每天放學後，她踩著腳踏車回去，遠遠就聞到炒蛋香氣，停好車，摘下草帽，她從瓜棚下經過，採摘鮮嫩的小黃瓜煮湯，順手拔了幾段山芹菜。

她喜歡夏天，他們在屋外吃晚餐，聽見回巢的鳥雀喧嘩著，黃昏的天色

愈來愈濃重。吃完飯，丈夫不准她洗碗，「今天輪到我洗啦，賴皮鬼！」她把碗抱在胸前不肯放。丈夫從口袋裏拿出一封信給她：「吶！妳的信，看看是誰寫來的。」她就著走廊上的燈讀信，坐在懸掛的鞦韆上，是親如姐妹的好友寫來的：「曾經這樣倍受矚目的妳，如今在寂寥的山中度日，是否眞的幸福快樂？」

丈夫端兩杯冰咖啡給她，問她今天好不好？她問丈夫好不好，丈夫說：「除了看不見妳的時候想念妳之外，一切都好。」她忍不住笑起來，斜靠在丈夫懷中，懶懶地閉上眼睛。是否幸福快樂？幸福不是因爲倍受矚目；快樂不是因爲繁華熱鬧，她慶幸自己知道了與一個人眞實相愛的感覺。她很想告訴丈夫，即使此刻臥在他懷裏，她仍想念著他。

就這樣倚靠在一棵樹下，抬起頭可以看見雙飛的鳥雀，恩愛的宿在窠巢中。鳥兒若往樹下看，便可以見到相依相愛的兩個人，因爲心意相同，所以深情繾綣。在這樣一個草木崢嶸勃發的季節，明確地愛戀著，感覺到自身尊榮，萬事美好。

# 夏日好

清・張實居

夏日好，有榴復有蓮。
蓮開成藕後，榴開結子前。
夏日好，月色白如雪。
東山照歡會，西山照離別。
夏日好，花月有清陰。
上宿鳥比翼，下坐人同心。

## 原詩語譯

夏日是這樣好的季節啊，
有映眼紅的榴花與亭亭水面的蓮花。
縱使藕已生成，蓮花仍多情綻放。
在結成累累果實之前，
石榴總會開出鮮豔的花朵。
夏日是這樣好的季節啊，月色明亮得像皓雪一般。
月出東山，照亮了歡喜相聚的愛侶；
月巡西山，也照見離人的眼淚。
夏日是這樣好的季節啊，
在月光掩映的陰影下花木搖曳。
清涼的夜晚，
樹上有雙飛鳥兒相依偎，
樹下有同心愛侶共繾綣。

## 詩人履歷表

張實居（生卒年不詳，約一六六一年前後在世），字賓居。他並沒有當官的記錄，日常生活中時以彈琴詠歌自娛，是一位深具藝術修養的創作者。他終身作詩約千餘首，這首〈夏日好〉有民歌的情調，並運用「成藕」、「結子」這一類的譬喻在詩中，也是向民間藝術致敬的意思。

# 我欲與君相知
# 長命無絕衰

夏日合歡

我們多麼盼望著被瞭解，
像一種準確的觸動；
一種無盡的包容，
可以允許內在的舒展，
在舒展中也擁抱住對方。
因爲這相知相惜的情感已經超越了愛，
於是，遂生出無盡的渴求，
直到生命終結時，
也不衰竭斷絕。

「你們不能明白，我們不只是相愛而已，我們是心靈的知己。」她在窗前寫下這幾句話，趁著黎明的天光，然後，拾起極簡單的行囊，輕悄迅捷的從後院離開，踩踏在微潤的濕土地上，連棲在牆垣的雞都沒受到驚動。

那時代還有著很強烈的門第觀念，沒有人贊同他們的婚事，沒有人肯爲他們作主。但，她已經爲自己作了主。她明白擁有的是怎樣的情感，這情感不只是一場歡愛，更是心靈的知惜與契合，假若，她沒有勇氣奔赴，那麼，不只是辜負了一場相遇，更是辜負了自己。

他們約在村外的土地廟前相見，當她的情人走來時，正看見喜好端潔的她，將緞子似的黑髮編結成一個髻，靜靜回轉過身。就像此刻的她，雪白的髻仍舊緊緊紮好，回轉過身，對站在門邊的老伴微笑，兒孫們都等在廳裏慶賀他們六十年的美善姻緣，這一笑，彷彿又見當日晨曦裏一對年輕男女，在愛之中，從未衰老。

在漫長而寂寞的人生旅途中，我們多麼盼望著被瞭解，像一種準確的觸

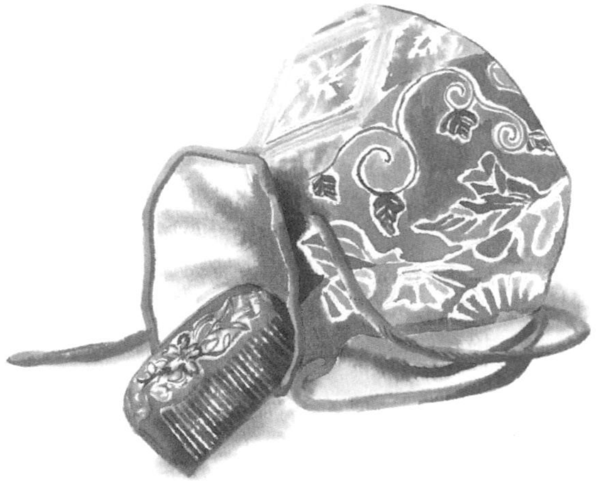

動；一種無盡的包容，可以允許內在的舒展，在舒展中也擁抱住對方。因爲這相知相惜的情感已經超越了愛，於是，遂生出無盡的渴求，直到生命終結時，也不衰竭斷絕。這是美好的欲求，帶有理想色彩，體驗到人在愛與被愛之中的力量。

這首〈上邪〉是素樸的漢代詩，因爲感覺到人的能力是微渺的，於是，藉著天地自然來作爲憑證。就像許多戀人的天荒地老的誓言一般，原本平凡的戀情，有了日月山河爲證，彷彿便可以不朽。可是再動人的誓言，其實也比不上愛的行動，只有在勇敢付出的時刻，我們有了神奇的能力，接近不朽。

# 上邪

漢・佚名

上邪！
我欲與君相知，長命無絕衰。
山無陵，江水為竭，
冬雷震震，夏雨雪，
天地合，乃敢與君絕。

# 原詩語譯

天啊！天可爲證。
我多麼想和你成爲心靈的知己，
相愛相惜，便是生命的終結，
仍不會斷絕，也不會消逝。
直到山岳失去了稜線；
江河全部枯竭；
冬日裏雷電震動；
夏日裏霜雪紛飛，直到天塌地陷，
才能與你告別。

## 詩人履歷表

樂府詩的名稱始於漢代，是一種合樂的歌辭。

從漢武帝開始，一邊設立樂府官署，一邊搜集民間歌謠。而樂府的成分有兩種，一是貴族文人作的頌詩歌辭，一是活潑躍動的民歌，廣為後代熟知的多是這些質樸的民歌。有的描寫征戰的苦狀，有的表現饑寒交迫的現實，有的歌吟家庭與婚戀的種種問題，蘊藏豐富的情感與眞實的內容。

像〈上邪〉這首樂府詩，並不含蓄蘊藉，反而奔放著激烈炙熱的情感，比起許多修飾華麗的情愛詩更直接，也更令人震動。可惜漢代樂府詩的作者大都不可考，更可惜的是這些漢代民歌並沒有獲得良好的保存，否則必然更為可觀。

# 秋來繾綣

秋來繾綣

「曾經滄海難爲水
除卻巫山不是雲」

就像滄海的廣渺無邊令人震懾；
巫山雲霧的氤氳變幻令人迷魅，
從此以後，
雖然仍會經過水域，
仍會看見雲霧，
卻如此明確的知曉，
根本是無從比較的啊，
如此深廣而強烈的獨特情感。

三爺爺是我們這些孩子的詩歌啓蒙者，也是一位神秘孤獨的老人，他沒有家庭，沒有妻子兒女，他從不肯和我們一起過節。開放探親那年，他把當教師的退休金全部提領了回鄉探親，我記得那天大家都去送他，好像感覺到他不會再回來了。三爺爺的臉龐紅潤，一向黯啞的聲音高拔亢奮著，匆忙中，他塞了一卷手抄本唐詩三百首給我，那年我剛剛當老師。

三爺爺病著回來的，臉色灰敗如錫，沒有人知道發生了什麼事？沒人忍心追問，都說，回來了就好。

三爺爺半年後過世，我們為他整理遺留下來的東西，看見一張湮黃的黑白相片，四、五十年的歲月曬洗，使相片裏的女子面目模糊暈淡。三爺爺蒼勁的筆跡透著生命的力道，筆筆刻劃：「曾經滄海難為水，除卻巫山不是雲。」我於是明白，那冊手抄本上這兩句詩的水漬潮氳，並不是偶然。

曾經，是生命裏閃動著璀璨光亮的美好剎那；曾經，也是再喚不回的刻骨深情。就像滄海的廣渺無邊令人震懾；巫山雲霧的氤氳變幻令人迷魅，從

此以後，雖然仍會經過水域，仍會看見雲霧，卻如此明確的知曉，根本是無從比較的啊，如此深廣而強烈的獨特情感。

然而，有過這樣一場無可取代的愛戀，到底是一種幸福？或是一個咒詛呢？當我們在愛的時候，專注熱烈，心無旁騖，沒有其他的人可以干擾介入，這就是每個人渴求的，愛情最珍貴的部分，確是一種幸福。可是，與愛情離別以後，若仍受著這段情感的綑縛，不肯掙脫，那麼，不論經歷怎樣的人生行腳，失去了愛與新生的能力，都只是無望的傷悼之旅，宛如咒詛，令人歎息。

# 離思 五首其四

唐・元稹

曾經滄海難為水，除卻巫山不是雲。
取次花叢懶回顧，半緣修道半緣君。

## 原詩語譯

曾經見過壯闊廣杳的滄海，
便很難看見令自己震動的水域了；
曾經見識過繚繞巫山的纏綿雲霧，
就很難輕易被雲霧所迷惑了。
如今我從爭奇鬥豔的花叢間走過，
卻連回頭一顧的興致也沒有，
一半是因爲潛心靜修的緣故，
另一半實在是爲了你啊。

## 詩人履歷表

元稹（七七九——八三一），字微之，中唐著名詩人，與白居易齊名，世稱「元白」。青年時期的詩人元稹，仕宦之途並不順利，因爲他不畏權勢，與宦官疾色抗爭，於是遭到貶官的命運。然而，詩人並不孤寂，在藝術的園林中，他獲得了白居易這樣的知交，他們的創作理念相通，一同寫下許多諷喻詩，成就了唐詩中的「長慶體」。在人生的道途上，即使行走在坎坷暗沉的河谷底，仍有一雙盈盈的眼眸在專注盼望，因爲愛戀的緣故，像永不熄滅的長明燈。那光源是他的元配妻子，宰相之女韋叢。

詩人三十歲那一年，韋叢病逝了。縱使他的官運已然好轉，那條青雲路直達皇階，元稹仍清楚聽見自己被扯裂的聲音，一種不能想像的疼痛劈面而來，才正要開始。那裂縫不只是失去了妻子、情人、親侶，還有生命的見證，日以繼夜地，無法彌補。他寫下一首又一首悼亡詩，成爲後代傳唱的經典。「曾經滄海難爲水，除卻巫山不是雲」便是其中一首，題爲《離思》的詩。

# 「不堪盈手贈 還寢夢佳期」

隔著遙遠的距離，
我的相思和牽掛，
就像是晶瑩月光一般，
都不能捧在手中送給你。
唯一能和你見面的可能，
就是在夢中，
因此我決定去尋找睡眠，
尋找重逢的喜悅。

她倚在窗前，看著雪花靜靜飄下來，似有若無的，然後，雪停了。她的手掌貼在玻璃上，好冰啊，她縮回手，放在臉頰上烘暖。時間差不多了，應該快到了，她已經記不清，這是第幾次轉頭去看牆上的鐘，分針好像睡著了，如此緩慢的移動著。

忽然，她看見一輛藍白相間的郵車開進小圓環，在她的庭院停了下來，將一個白色信封塞進郵箱，再把紅色的桿子扶正。啊！她翻身從沙發滾落，隨意從壁櫃拉出一件厚外套，趿上拖鞋衝出門，天寒地凍也阻絕不了她的速度。信封已到了她手中，是的，是他的信。

她為了取得居留權，必須到美國中西部的爺爺、奶奶家住半年，這裏沒有電腦，沒有 e-mail，國際電話對她和他都是沉重的負擔，所以，他們約好了要寫信。所以，等信變成她最重要的事了。

他並不擅長言詞，信總是寫得很短：「從國外氣象報告中知道，妳居住的地方已經下雪了。我們曾經約好，冬天的時候要一起去合歡山看雪，現在

妳看到雪了。我很想知道雪是什麼樣子的？想知道妳在雪中是什麼樣子的？想知道，妳好不好？我還好，只是想念妳。昨天，我在夢中看見妳了……」她看完信，發了一陣子的獃，回到房裏去，將信窩在胸前，已經四個月沒見面，她不能把雪寄給他；不能把自己寄給他。她闔上眼，催促著自己，睡吧，快睡吧，也許能在夢中相見。爺爺、奶奶看見她回房，有點憂心忡忡，奶奶拉住爺爺：「我說，老爺子啊，你有沒有聽過，一種病叫做『嗜睡症』啊？」

她就這樣變成了一個嗜睡的女子，也許，會夢見自己已經回去了，也許，會夢見和他一起登上合歡山，那些飄飛的雪啊，是她和他的密約，關於愛情，關於永遠。

隔著遙遠的距離，我的相思和牽掛，就像是晶瑩月光一般，都不能捧在手中送給你。唯一能和你見面的可能，就是在夢中，因此我決定去尋找睡眠，尋找重逢的喜悅。在現實的播弄下，我們慶幸還有夢，在夢中，我們歡笑，我們哭泣，我們遇見所有不可能的相逢與奇蹟。

# 望月懷遠

唐・張九齡

海上生明月，天涯共此時。
情人怨遙夜，竟夕起相思。
滅燭憐光滿，披衣覺露滋。
不堪盈手贈，還寢夢佳期。

## 原詩語譯

一輪皎潔光亮的圓月，
從海平面緩緩升起了，
雖然我們相隔天涯海角，
卻同在這夜色漸漸深沉的時刻。
有情人難以安寢，不免怨怪夜晚太長，
太難度過，整夜都興起綿密的相思。
因月亮圓滿光華，所以滅了燭火好好欣賞。
披衣走出門去，才發現秋露已然滋生，
季節暗中遞換。月光如此美好，
卻不能掬在手中送給你，只好回房去就寢，
或許可以在夢中與你相會。

# 詩人履歷表

張九齡（六七八——七四〇），字子壽，以詩文聞名，成爲唐明皇的賢相。他曾直言指出安祿山有狼子野心，明皇卻指斥他「誤害忠良」；當明皇要拔擢李林甫時，九齡又不避忌的說將來會「禍延宗社」，這種態度果然爲他惹來許多誹謗，處境日益艱困。在憂懼的歲月中，他寫下著名的〈感遇〉詩多首，以蘭草和桂花，以及不畏寒冷的橘子來自況，很爲後世稱道。待詩人罷相後，每當有人向明皇薦才，他便要問：「這人能有九齡的風度嗎？」

雖然張九齡在政績上頗有可觀，卻也沒有荒廢了詩的創作。他的這首情詩〈望月懷遠〉，寫的是情人之間的相思，卻將氣魄寫得壯闊，特別是「海上生明月，天涯共此時」開首兩句，可與蘇東坡「但願人長久，千里共嬋娟」相互輝映，如月永恆。

秋來繾綣

# 「采之欲遺誰 所思在遠道」

習慣性的俯身採下你最愛的花，
然後才猛然醒悟，
你已經離開，到很遠的地方去了。
天下有這麼多愛花人，
有這麼多討人喜愛的鮮花，
我的手中擎著花，
心中惦記著你，
竟不知道該把花送給誰？

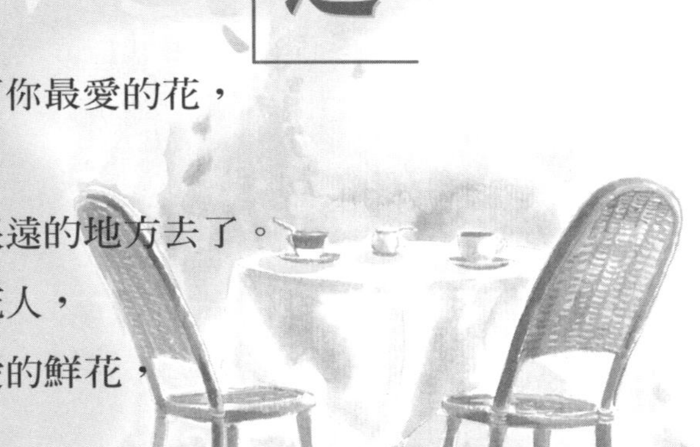

他騎著機車往山上去，今天是冬季裏難得的晴朗日子，陽光燦燦亮亮從樹梢葉縫洩下來，像一串音符，落在他的身上，迤邐地灑了一路。他已經有一段日子沒上來了，只因爲昨夜她仰著可愛的臉，用冰糖糯米藕的聲音問：「爲什麼你好久沒送花給我了？」是啊，好像是有一段日子沒送花給她了，是爲什麼呢？明明是有原因的，他卻答不出來。「我就知道，」她嘟起嘴：「你啊，小氣鬼！」

他的車緩緩駛進山谷裏的花田，這裡的花又新鮮又便宜，過去，他們常常一起來買花。他還記得有一回，他問了路向她走來，看見她嬉皮打扮的穿著長靴，捧一大束花倚著機車，一邊聽著隨身聽，一邊嚼口香糖，晃啊晃的。他只一下子沒見她，竟然就覺得思念得快要粉碎了。

冬天的花田仍有不少買花人，他擠進去，熱烈的殺價之後，成功地捧住一大束花，荷！這下她一定樂瘋了。他轉身，看見自己的機車孤單的停靠在牆邊，沒有她的笑臉，是啊，她已經離開了幾個月了。他想起昨夜夢中她的

問題，不送花是因爲妳離開了，花會凋萎的，送不到那麼遠的地方。

但，思念的訊息可以送得很遠，他伏在案前寫信給她：「想知道，妳好不好？我還好，只是想念妳。昨天，我在夢中看見妳了，妳說我小氣，不送妳花。我今天去山谷的花田買了好多花，買完才想起，妳在很遠很遠的地方了……」

縱使在理智上，我們平靜的接受了情人的遠去，接受了在愛情中的分離乃是一種必然，卻在一個微妙的瞬間，幾乎接觸到往昔的刹那，察覺了情感始終沒有接受，永遠不能將離別視爲等閒。習慣性的俯身採下你最愛的花，然後才猛然醒悟，你已經離開，到很遠的地方去了。天下有這麼多愛花人，有這麼多討人喜愛的鮮花，我的手中擎著花，心中惦記著你，竟不知道該把花送給誰？在這百花競放的天地間，曾經因爲有你而顯得繽紛姿彩，如今，在分離以後，竟是如此的孤清寂寥。

# 涉江采芙蓉

漢・古詩十九首

涉江采芙蓉，蘭澤多芳草。
采之欲遺誰？所思在遠道。
還顧望舊鄉，長路漫浩浩。
同心而離居，憂傷以終老。

## 原詩語譯

涉過淺淺的江水之湄，
摘採水上的芙蓉花，
儘管水澤上生滿了各式各樣的香花香草，
我卻只要一株亭亭的芙蓉花。
採下這朵花，我忽然怔忡起來，
這花要送給誰呢？
我所繫念的你啊，已經在很遙遠的距離之外了。
我於是停下趕路的腳程，回頭望向故鄉，
隔著漫長的距離，
故鄉的方位顯得渺渺浩浩，難以辨識了。
我們是如此的兩心相同，卻必須面臨分離的命運，
自此以後，只有在永難癒合的憂傷之中，過完一生了。

# 詩人履歷表

古詩十九首是由一群佚名的詩人所作的詩。它標示出從「詩經」的四言詩，進步爲五言詩的過程中，成熟的作品。這些詩產生的年代約當東漢、建安時期。它們都沒有詩題，後人以詩中第一句爲題，已成慣例。古詩十九首的特色在於看似簡樸平淺的字詞，卻非常準確的表現出深厚的情感與內容，使人不能妄動一字一詞，讀來唇齒生香。在貴族雕琢的辭賦與淫靡華麗的六朝詩中，宛如一株綻放開來的白蓮花。

因爲時代動盪不安，詩中有許多流離的苦痛，而對於有情男女的分別，有著特別深刻的揣摩與抒寫。像是「行行重行行，與君生離別」，「青青河畔草，鬱鬱園中柳」，「明月何皎皎，照我羅床幃」，「迢迢牽牛星，皎皎河漢女」等等，都可以看見大時代男女的情愛中，不能自由自主的憂傷遺憾。這些優美的意象，眞摯的情感，隔著悠悠歲月，仍令我們低迴嘆息。

# 「歡出無人試
閨中自著看」

秋來繾綣

當所愛的人離開，
沒有人可以爲我來試
這件新裁就的衣裳，
爲愛人做的衣裳，
到底尺寸如何？是不是合身？
於是，
我只好自己在鏡前試穿起來，
緩緩的穿過衣袖，
拉直衣領，看著自己的容顏，
想著愛人的樣貌。

她去東京那天，氣溫驟降，他來接她，看見她凍得鼻尖都紅了，便脫下自己的米白色鋪毛長風衣給她穿。「你冷呵。」她微微掙了一下。

他靠過來環住她：「我抱著妳就不冷了。」她放鬆了，專注地讓他擁抱。他在機場擁抱她，在利木津巴士上擁抱她，在酒店大廳擁抱她，在電梯裏擁抱她，他們相戀快兩年了，他從來沒有這樣長久頻密地擁抱她。

他是以出差的名義來的，她則是休假前來，他們的相會，他們的關係必須瞞住天下人。只有這七天，他們肆無忌憚的手牽手。她爲他買了一件新大衣，留下了他借她穿的這件。這件風衣穿久了，異常柔軟和暖，有一種歲月裏浸潤過的絲緞般的色澤，她穿著，袖口蓋住手指，像小孩子穿著不合身的衣服，諧趣的天眞。她穿著高跟鞋，衣襬才不會拖在地上。她在他的衣服裏旋轉，像與他共舞；她攬緊衣服裏住自己，像他激情的擁抱；她縮進他的衣領裏露出眼睛，想像著如果自己是他的女兒……

第七天，等著巴士去機場，準備回台灣的時候，他替她理好衣領。她知道，接下來，他們就要坐在不同的艙等，假裝互不相識。他的手指從她的頸上滑到面頰，他的痛悔炙熱的眼光盯住她的眼眸。他也許後悔與她相戀，如果，他們只是工作上的夥伴，如果，他們只是不遠不近的異性朋友，就不會有他的艱難，也不會有她的委屈。她卻一點也不後悔，微笑地，將手插進口袋裏，現在，她有了他的衣裳，她有了所有愛的想像，這奧妙連他也不能懂得。

當所愛的人離開，沒有人可以爲我來試這件新裁就的衣裳，爲愛人做的衣裳，到底尺寸如何？是不是合身？於是，我只好自己在鏡前試穿起來，緩緩的穿過衣袖，拉直衣領，看著自己的容顏，想著愛人的樣貌。這忽然成了最性感的時刻，像一種身心的交會，不爲人知，卻如此瑰麗纏綿。

# 古樂府

宋・姜夔

裁衣贈所歡，曲領再三安。
歡出無人試，閨中自著看。

## 原詩語譯

爲情人裁製一件衣裳，
在彎曲的衣領部位，
一而再，再而三的妥貼安置，
務必要做到十全十美。
做好了才想起情人離家遠去，
找不到人試長短大小，
只好在閨房中對著鏡子，
自己穿上來揣摩情人的身形，
彷彿也看見情人的樣貌。

# 詩人履歷表

姜夔（一一五五？——一二三〇？），字堯章，一生從未當官，是一位純粹的文學家。他精通音樂與古刻，擅長書法，詩與文皆爲上選，更是宋詞中最重要的格律派代表人物。雖無功名官位，當日名人如辛棄疾、范成大、陸游、楊誠齋等人，都與他相唱和，可見他的藝術氣質與瀟灑性格，是極具魅力的。

姜夔也是一位癡情男子，青年時期曾與一位合肥的歌女相戀，歌女彈得一手好琵琶，也將詩人生命之弦撥得琤瑽悅耳。他們的戀愛充滿純眞情感，也不可避免的飽含著悲劇的哀愁。或許正因爲如此，這首仿古樂府的詩中，便可以見到詩人對於情愛中的女子，心情細微的捕捉。儘管遣詞用字皆淺白易懂，其中的一往情深，卻只有眞正愛過的人才能領略。

# 「始知結衣裳
# 不如結心腸」

秋來繾綣

曾經以爲，

把自己和情人的衣裳結在一起，

牽牽掛掛的，

就能不離不棄。

等到離別之時才發現，

結打得再巧妙，

也不如將兩人的心意密密結在一處。

然而，結衣結髮都容易，

心意偏偏最難揣摩。

她牽住朋友的衣袖，緊緊盯住朋友的眼睛，好一會兒，兩個人都不說話，只有翻然飄飛的白雪，成群結隊掠過神社朱紅的柱子，成爲天地間僅有的喧嘩。「又是一支下下籤？」她忍不住開口問，連聲音都是顫抖的。朋友深吸一口氣，把籤文上的意思翻譯給她聽：「就是有些事呢，好像東流水一樣，過去了就回不來了，所以，強求也沒什麼用處。」

她是爲了她的愛情，才到日本來的。曾經，她和情人如此知心相愛，他們穿著一式一樣的衣裳，每次見到路旁的貼紙攝影，就衝進去拍照，他們拍過各種款式的貼紙相片，有一次還拍了年老造型的。情人看著照片說，啊，原來妳老了以後是這個樣子呀，怎麼還是這麼可愛啊？那我不是沒有變心的機會了嗎？她聽了又捶他又大笑，以爲就這麼一路走到天荒地老。然而，她還沒變老，他已經變了心。

她聽說這座神社特別靈驗，央著在日本讀書的朋友陪著來了。朋友看著她流不出淚的眼睛，告訴她，不好的籤可以綁結在樹枝上，那麼，噩運就不會實現。她轉頭，果然看見一棵樹上繫滿了籤結，像是在雪中突然開起一樹白花。

她頹然地搖搖頭，沒有用的了。再結不回情人的心，結不回相愛的幸福，過去了就回不來，強求也沒有用。她輕輕把籤放進大衣口袋，穿越細雪，走出神社。

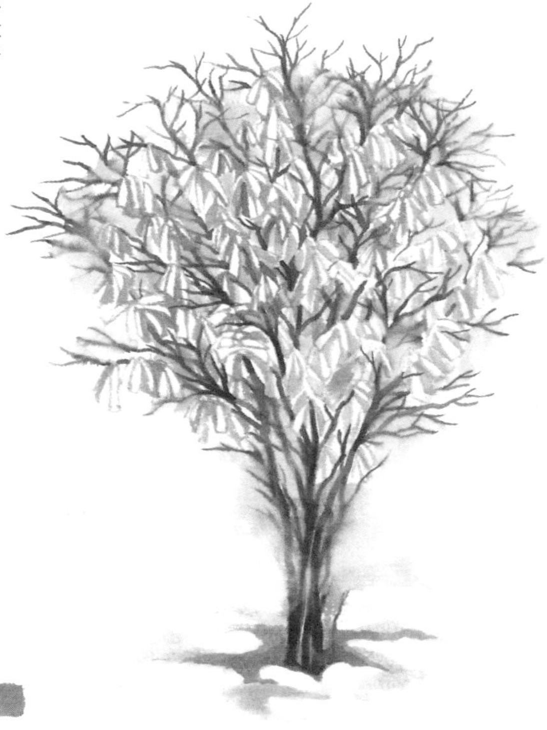

曾經以為，把自己和情人的衣裳結在一起，牽牽掛掛的，就能不離不棄。等到離別之時才發現，結打得再巧妙，也不如將兩人的心意密密結在一處。然而，結衣結髮都容易，心意偏偏最難揣摩。只是，人在熱切的戀愛之中，看重的常常都是外在的形式，要求明確的承諾，貴重的禮物，等到情意流散，才會領悟出，可以長久固守的是一顆心，隨時變形遁逃的也是一顆心啊。

# 結愛

唐·孟郊

心心復心心，結愛務在深。
一度欲離別，千迴結衣襟。
結妾獨守志，結君早歸意。
始知結衣裳，不如結心腸。
坐結行亦結，結盡百年月。

## 原詩語譯

我的心上總掛念著的，就是你的心，
你的心上掛念著的，
應該也是我的一顆心吧。
我倆情愛相結，但求能夠深刻。
等到別離的時刻到來，卻又那樣難捨難分，
恨不能將兩人的衣襟緊緊相結。
緊緊結繫的是我為你獨守眞心的志誠；
緊緊結繫的是你為我早日歸來的願望，
結著結著卻發現，這樣緊密的結繫衣裳，
不如纏綿的結緊相愛的心腸。
即使分離以後，
不論安靜的坐等黃昏，或是勞碌的行跡天涯，
都在心上掛著彼此，這一場結愛勢必結至歲歲年年。

## 詩人履歷表

孟郊（七五一——八一四），字東野，仕途坎坷，終身清寒，是唐代著名的「苦吟詩人」。他的詩作中充滿對現實人生的失望，「有財有勢即相識，無財無勢即路人」〈傷時〉，有著深刻嘲諷。或許因爲遭際帶著酸澀，他作詩也常苦思力錘，時有詭奇艱險的橫空硬語。可是，流傳後世，爲人朗朗上口的，卻是像〈遊子吟〉這類的樂府小詩，有著親切自然的民歌風味。

至於〈結愛〉這首詩，將女子在愛戀中患得患失，糾纏不清的紛亂情態，表現得生動可愛。難得的是不避重覆，整首詩中大膽使用九個「結」字，反而能將愛意緊緊結牢的痴心一再加強，女子在愛中的喋喋細語，躍然紙上。

# 「叮嚀寄書人說向
玉兒歡笑似平時」

在分離中憂傷著，
在憂傷中孱弱著，
在孱弱中思念著。
然而，卻仍殷切的叮嚀著
傳送消息的人，
請轉告遠方的情人時，
不要提及我的孱弱與憂傷，
只說我的生活在離別後，
並沒有什麼分別，
依然是不解煩憂的歡樂著，如同往昔。

他永遠忘不了，聽見的關於她的最後的消息。那時，他正在德國修法律碩士學位，已經到了最後關頭。從電話裏，聽見距離遙遠的她，聲音裏的虛弱，他非常焦急，一聲聲地問她的狀況。記得她說過身體不大舒服，去做了健康檢查，醫生說她有點貧血。然後，他打電話常常找不到她了，總是她打來找他，才能說說話。他有時有點不開心：「妳忽然變得好忙啊。」她只一個勁兒地向他撒嬌，說自己怕寂寞嘛，就和朋友逛逛街啦，看看電影啦。他聽出她的不快樂，於是，託一位要來德國的學長，代他去探望她。

學長告訴他，去看她那天，家裏有好多客人，她的朋友都在她身邊，她戴了頂好可愛的帽子，捧著臉一直笑，並且對學長說：「我很開心，很幸福，請轉告他，放心拿到學位哦。」學長模仿著她的模樣，他一邊開車一邊笑，不知怎麼倒笑出了眼淚。

後來才知道，她那時已經因爲放棄治療回到家裏了，化學治療脫盡原本烏黑的長髮。但，她要留給他一個永恆美麗的印象，她要讓他安心唸完學

位，從發現腫瘤到去世，他都不知道。他只記得她撒嬌的樣子；記得她坐在文學院階梯上等他的樣子；記得她沿著櫥窗一路舔食冰淇淋的樣子；記得她說人生不是用來煩惱的時候的樣子……他記得的都是這樣子的她。並且，也驚詫於她的堅強，在最後的痛苦軟弱中，她難道竟不渴望他的撫慰嗎？不渴望他的擁抱嗎？

不一定是悲傷的緣故，可是，他一念起她便要流淚。不管以後會有怎樣的人生，他知道，自己將永遠擁抱她在懷中，一個恆久歡笑的女孩。

在分離中憂傷著，在憂傷中孱弱著，在孱弱中思念著。然而，卻仍殷切的叮嚀著傳送消息的人，請轉告遠方的情人時，不要提及我的孱弱與憂傷，只說我的生活在離別後，並沒有什麼分別，依然是不解煩憂的歡樂著，如同往昔。因爲愛得太深，恐怕對方爲自己擔憂，所以隱藏情緒，這是最體貼的愛情，也是珍貴的成全的心意。

# 短別紀言

明・王彥泓

為郎愁絕為郎癡，更怕郎愁不遣知，

叮嚀寄書人説向，玉兒歡笑似平時。

## 原詩語譯

爲了情郎的離去而憂傷到了極點，
爲情郎付出的眞心與癡情也達到極點，
分別只讓我認識到愈深的情感。
因爲擔心情郎知道了我的狀況會爲我煩惱，
所以，殷殷囑託寄信人，
見到我的情郎時，務必照我的意思告訴他，
你就說，別離後玉兒一切都很好，
還是那樣不解世事的天眞歡樂著，就像往昔一般。

# 詩人履歷表

王彥泓（生卒年不詳），字次回，明末詩人中最善言風懷者，也是當代豔體詩的代表作家。這首〈短別紀言〉詩，很像一個女子的絮語告白，明明是爲了情人輾轉反側，憂心如焚，卻不願情人知道了又添愁悶，於是強做歡顏，交代捎書人，一定要告訴情人自己是很快樂的。

必須是深深相愛的人，才會有這樣細微的體貼；必須是有著絕對默契的人，才能將彼此的心意揣摩得如此準確。這首詩中的情感是極濃厚的，所幸，他們只是「短別」，不久就將團聚，到那時自然可以暢訴相思的苦處，安慰離別的傷痛。輕描淡寫寥寥數語，卻眞能將戀人的情狀捕捉的正好，莫怪當時評論者稱讚王彥泓的詩：「深得唐人遺意」，「迴腸盪氣」了。

# 「何當共剪西窗燭 卻話巴山夜雨時」

這麼多離別的情緒中，
最深刻難忘的
應該是異鄉的夜晚，
淒楚的雨水無止無盡，
如同思念氾濫成災，
不可挽救。
然而，更迫切地想知道的是，
什麼時候才能見面？
又或許，還能不能再見面？

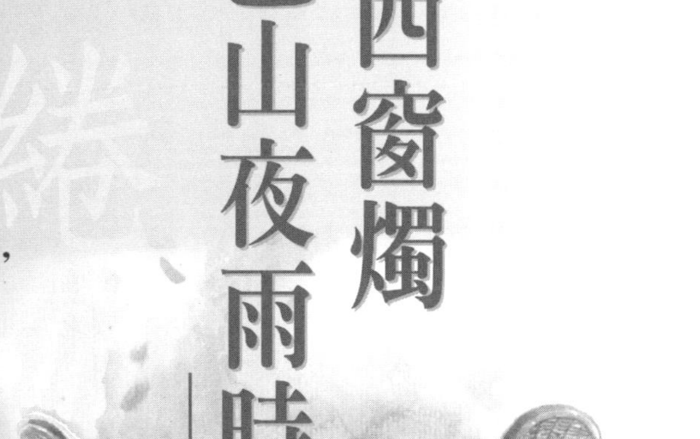

他們會在一起，很出乎大家的意料，因為她一向那樣出色。他其實也花了好長一段時間等待她，特別是在她結束了一場深受創傷的情感之後，她幾乎變成了另一個人，冷漠地拒絕一切善意，把自己鎖閉起來，他在她的窗下等待，在她的心靈之窗。

朋友們都勸他放棄，他說，不可以的，我要等在這裏，等她想開窗的時候，就可以看見我，知道我從未走開。

她後來不但開了窗也出了門，她走進他的世界裏。

她在他的愛中重拾活潑與光采，再度變成眾人矚目的焦點。後來，他為了進修遠赴英國，原本說好半年，卻一延再延，拖了一年半，傳來她的心有了驛動的消息。有另一個人極溫柔地呵護她，給她愛情，她的信漸漸少了，原本約好去英國探望他的行程，彷彿也遙遙無期。有一次，在電話裏說著說著，她忽然哭起來，倉惶的掛斷電話。

在他們相戀三周年紀念日那天，她接到他寄來的卡片，上面只寫了兩句話：「何當共剪西窗燭，卻話巴山夜雨時」，她看了又看，明白了他的試探與請求，撥通電話訂好了機位。

如果可以重逢，必然會有說不完的心事，暢述到深夜，每一寸光陰都格外值得珍惜。這麼多離別的情緒中，最深刻難忘的應該是異鄉的夜晚，淒楚的雨水無止無盡，如同思念氾濫成災，不可挽救。然而，更迫切地想知道的是，什麼時候才能見面？又或許，還能不能再見面？

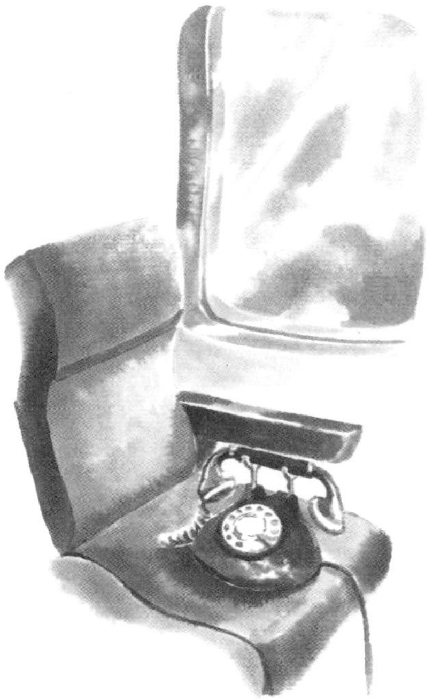

愛情中的距離，往往是造成不得不仳離的因素，像一個不可破除的魔咒。但，距離其實正是情愛關係中的濾紙，濾淨雜質，讓我們看清自己在這場愛情中的樣貌，明白自己的欲求。懂得情感的人，運用共有的記憶與夢想，培養出「心有靈犀一點通」的默契，時空的疏離，反而成爲催化劑，深刻的相思成爲精緻的美感經驗，等待日後相聚，情濃必定更勝往昔。

# 夜雨寄北

唐・李商隱

君問歸期未有期，巴山夜雨漲秋池。
何當共剪西窗燭，卻話巴山夜雨時？

## 原詩語譯

你寄信來殷殷詢問我歸去的時間，
我卻也在飄泊中無法定下確實的日期。
讀信時正是巴蜀的秋夜，
纏綿一宿的雨水將池塘都漲滿了，
就像我渴望歸去與思念故人的心情啊。
什麼時候才能重聚在西窗之下，
輕輕剪短燭芯，
讓亮光把彼此照得更清楚，
就這麼說起巴蜀纏綿的雨夜心情。

## 詩人履歷表

李商隱（八一三——八五八），字義山，晚唐著名詩人。他曾受節度使令狐楚賞識，親自教授駢文，並因令狐家的推薦登進士第。令狐楚死後，他被另一位節度使王茂元聘爲幕僚，又因爲賞識他的才華而將愛女嫁給他。豈料正因如此，他就像許多身不由己的文人一樣，陷入了尖銳的牛李黨爭，倍受冷遇，抑鬱而終。所幸與妻子王氏的情感甚篤，這首〈夜雨寄北〉也有題爲〈夜雨寄內〉的，據說就是寄給遠方的妻子的。

李商隱最爲人稱道的是纖巧繁美的意象，一系列〈無題〉詩，撲朔迷離的情意，更增添了幾許神秘。像是「身無彩鳳雙飛翼，心有靈犀一點通」；「劉郎已恨蓬山遠，更隔蓬山一萬里」；「春心莫共花爭發，一寸相思一寸灰」；「春蠶到死絲方盡，蠟炬成灰淚始乾」，都帶著神秘的哀愁。在眾多揣測中，我卻以爲詩人是最能理解情愛的無理性與詭譎多變的，像〈錦瑟〉詩中的「此情可待成追憶，只是當時已惘然」，多麼準確的捕捉了戀愛中的迷惘與喜悅。誰能把愛的身世說的清？莫怪詩人要以「無題」來品題愛情了。

# 「忽見陌頭楊柳色
# 悔教夫婿覓封侯」

秋來繾綣

看見路的盡頭，
那一片春日的柔綠新翠，
心中忽然一驚，
季節的更迭如此迅速，
青春美好的時光稍縱即逝。
禁不住埋怨自己，
當初一心掇慂丈夫遠方求取功名利祿，
竟沒料到要孤寂地面對
這繁華的春光啊。

飛往上海的旅途，我坐在靠近走道的位置，翻完一疊雜誌，仍無睡意。或許是春天的關係吧，我想像著南方水澤畔，環繞著的新柳翠綠柔亮，低低拂過鏡面似的春水，那樣的晶瑩閃閃。閃啊閃，這光點子怎麼竟晃到我眼前，定神一看，我見到坐在斜前方的一個女人，三十幾歲年紀，細緻入時的妝扮，腕上的翡翠鐲子汪綠著。她的頰上有淚，緩緩地，從閉闔的眼梢滑下，墜在下巴，被陽光曬得透亮。

保養得宜的肌膚，剪裁極好的服裝，都顯示出她是一位優渥的太太，這樣的獨自飛行，爲的是與丈夫會面嗎？機長宣佈即將降落，她打開手袋仔細補妝，我看見她將眼線描了又描，一層層蜜粉遮蔽住黑眼圈，她的淚因何而來？是因爲丈夫有了新歡再不顧念舊情嗎？這一次的會面，她會贏回丈夫？或徹底失去所有呢？

下飛機的時候，我一心往南方的春天走去，經過她的身邊，看見她靠在座椅上，雙手緊緊交握，臉上添了堅毅的線條。

看見路的盡頭，那一片春日的柔綠新翠，心中忽然一驚，季節的更迭如此迅速，青春美好的時光稍縱即逝。禁不住埋怨自己，當初一心掇慂丈夫遠方求取功名利祿，竟沒料到要孤寂地面對這繁華的春光啊。原本以爲擁有許多青春可供揮霍；原本以爲丈夫很快可以衣錦榮歸；原本以爲生命可以隨自己去安排。

從古到今，以夫爲貴的妻子多陷在這樣的迷障中，男人的成就便是女人的冠冕，她們以爲男人到遠方去奮鬥，可以獲得豐厚的財富與崇高的地位，事實上，男人愈走愈遠愈有作爲，竟也走出了她的世界。悔之不及的女人在爛漫的春光中哀哭，哭那隨著楊柳凋零的，愛情的顏色。

# 閨怨

唐・王昌齡

閨中少婦不知愁，春日凝妝上翠樓。
忽見陌頭楊柳色，悔教夫婿覓封侯。

## 原詩語譯

深閨中的年少婦人，
從不知曉人世間的煩憂，
春天來到，她仔細修飾了美麗的容貌，
登上畫樓遠眺賞玩。
不經意中，忽然看見道路盡頭綿延如煙的綠柳柔條，
感覺到時光暗中轉換流逝，
感覺到孤獨的寂寥，
心中升起悔意，
當年眞不應該慫恿夫婿，
出外求取功名利祿啊。

## 詩人履歷表

王昌齡（約六九〇——約七五七），字少伯，爲開元、天寶年間的傑出詩人。曾貶爲江寧丞，又貶爲龍標尉。他的七絕最好，同時代的詩人，只有李白可以與王昌齡的七絕相互輝映。在他的一系列塞外詩中，明代詩評家推舉「秦時明月漢時關」爲唐代七絕壓卷之作。更因他充分掌握七絕的節奏感與生動意象，使詩中情感極具故事性，在盛唐文壇享有「詩家天子王昌齡」的美譽。

難得的是，詩人在漫天風沙與浴血豪情之外，也著力於閨中幽怨的詩作。或許因爲他理解，每一個執戟長城上的軍士，家中都有一個倚窗望明月的女人，他試著碰觸那些女人心上的缺口，試著感覺她們無告的疼痛。他輕柔的揭開了她們的靈魂，以一種抒情的手勢。

# 冬季離散

冬季離散

# 還君明珠雙淚垂
# 恨不相逢未嫁時

忍不住哀傷的情緒，
將你送我的明珠奉還，
不捨的淚水隨之落下。
其實心中是有著憾恨的，
早與丈夫相遇相惜，
有了深厚的情感，
不得不辜負你的一片真心，
假若我們的相逢在我還未婚嫁時，
那必是完全不同的景況了。

她倚在丈夫身邊，他們坐在陽台上，海在不遠處的黑暗裏。同遊的朋友說，眞羨慕他們夫妻的感情，十年如一日，總是像新婚度蜜月一樣。丈夫與她的手交握住，笑著說：「我們都愛旅行，興趣相合啊。」是的，愛旅行，愛海洋。她想起三年前那一次，在希臘海邊的小酒館，體內莫名的暗潮奔湧起來。她的皮膚到現在仍保留了那樣的觸感，眞實的彷彿那個人就在身邊。

丈夫去希臘開會，她隨行度假，黃昏時候，不經意走進一間半露天的小酒館，她的黑瀑長髮與蜜黃膚色引起店裏人的注意。吧台後面一個高瘦好看的男人走向她，從他深邃的眼神密不透風的盯住她那一刻，她感到一種即將被分解的緊張，同時，她又渴望被分解。

那人是酒館老闆，他們聊得極愉快，老闆忽然轉頭對顧客們說，酒館要打烊了，因爲他要做這位小姐的導遊，帶她去愛琴海濱散步。這是從沒發生過事，顧客笑著抗議，陸續離去了。她站在台階上等候那人鎖門，然後，他握住她的手，她忽然顫慄地潮濕了眼眶。她想起丈夫，卻止不住要這個人的

欲想。他們並肩在白色沙灘躺下來的時候，她聽見海洋溫柔的歌唱。那是她第一次的出軌，探觸一方從未想像過的疆域。那人對她著了迷，求她留下來，或許，他可以跟她去海角天涯。「我可以爲妳提早打烊，也可以爲妳改變人生。」他懇切眞摯的說，眼中有薄薄的淚光。

她沒告訴那人自己是有丈夫的，也沒告訴丈夫有過那樣一個夜晚，她只是更加確定了自己是愛丈夫的，她一點也不想與丈夫分開。然而，愛琴海的夜晚，她也不會忘記，那從未遭到毀壞，永遠也不褪色的愛情，如海水一般靛藍鮮烈。

忍不住哀傷的情緒，將你送我的明珠奉還，不捨的淚水隨之落下。其實心中是有著憾恨的，早與丈夫相遇相惜，有了深厚的情感，不得不辜負你的一片眞心，假若我們的相逢在我還未婚嫁時，那必是完全不同的景況了。然而，不正是因爲另一個人的介入，使得婚戀中的人，更清楚認識到自己的情感嗎？那些在外遇中動過心，卻又悄然回到生活常軌中的人，就像在愛琴海邊被碧海白沙迷魅過，恆長地存留一份獨特私密的回憶。

# 節婦吟

唐．張籍

君知妾有夫，贈妾雙明珠。

感君纏綿意，繫在紅羅襦。

妾家高樓連苑起，良人執戟明光裡。

知君用心如日月，事夫誓擬同生死。

還君明珠雙淚垂，恨不相逢未嫁時。

## 原詩語譯

你知道我是一個有夫之婦，已然心有所屬，卻仍送給我一雙貴重的明珠。我因妳的纏綿心意而感動，便將它繫在紅色的衣裳外面。

然而，看著它的時候，心中也有了起伏，我家的宅院一幢接一幢的建起來，都是因爲丈夫在前線捍衛國家，他冒著生命的危險，讓我過安定富裕的生活。我明白你對我的用情之深，宛如日月恆常璀璨，可是，我與丈夫的情感也是如此深篤，我們有過同生共死的誓言，這誓言我仍不願背棄。

因此，我解下明珠還給你，也把你的情感奉還，不捨和憂傷的淚水滾滾落下，只因我們相遇太晚，爲什麼在我還沒婚嫁時，沒能和你相逢？

## 詩人履歷表

張籍（約七六六——約八三〇），字文昌，他有許多反映社會現實的樂府詩作。這首著名的〈節婦吟〉，其實是寓意之作，詩題之下註有「寄東平李司空師道」。李師道是當時勢可炙手的藩鎮，用各種手段拉攏、勾結中央官吏與失意文人。張籍的立場一貫是主張統一，反對割據分裂的，大約是李師道向他頻頻示好，他才有了這首比興詩的創作。原來這首看似哀婉纏綿的情詩，竟是一首政治詩。

詩中故事性頗強，且具鮮明的畫面感，情感一波三折，很能令情海浮沉的癡情兒女感同身受。尤其是「還君明珠雙淚垂，恨不相逢未嫁時」兩句，將無可奈何的情緒準確傳遞，已成典型。清末民初的情僧蘇曼殊，曾作〈本事詩〉：「還卿一缽無情淚，恨不相逢未剃時」，也是借用這樣的手法和情感。

# 將縑來比素　新人不如故

新歡織出來的是質地較差的布，
舊愛擅長織的是細白的絲絹，
若是以手下技藝來相比的話，
新歡當然是遠遠比不上舊愛的。
然而，當心意變遷時，
就算再巧的手藝，
再委屈求全的美德，
都挽不回失去的戀情，
都變不了被棄的命運。

我心中一直有個女性的圖騰，便是鄰居傅姐姐，那個全村最美麗的女孩。

還記得多年前的冬天，她穿一件套頭紅色毛衣，黑色短皮裙，長靴及膝，將身材裹得更修纖。我們這些孩子全趴在牆頭，看著一輛黑頭車開進來，穿西裝梳飛機頭的年輕男人把她接走了。她搖下車窗，對我們揮手，冬陽比不上她微笑的臉頰那樣溫暖。傅姐姐嫁進豪門，我們再看不見她了。聽說她很受公婆的寵愛，聽說她將小姑小叔都伺服得服服貼貼，聽說她幫丈夫掌管生意很有一套。她抱著新生兒回來探望父母那天，我正好要到圖書館去唸書，看見她和鄰居媽媽們聊得融洽，完全沒一點驕矜富貴氣。她朝我擺擺手，臉上的笑容有著動人心弦的幸福。

成年以後，我離開故鄉，在雜誌上看見已經是企業家的當年的飛機頭，他和他的夫人挽著手出席宴會。赫然我發現那位裝扮華麗的女人，並不是傅姐姐。我向童年玩伴打聽，才知道傅姐姐回到村裏去了，伴著年邁的母親，

住在舊房子裏。

回鄉去看傅姐姐的時候，先被她滿頭白髮驚懾了，四十幾歲不該這樣蒼老憔悴。「我願意改，如果他覺得我做得不夠好。」傅姐姐推著傅媽媽的輪椅，我們走在黃昏的河堤。她看著我說：「可是，他說我太完美了，讓他壓力很大。妳說，我該怎麼改？」我沒有說話，看著夏天的紅日緩緩墜落，我覺得很寒冷。

新歡織出來的是質地較差的布，舊愛擅長織的是細白的絲絹，若是以手下技藝來相比的話，新歡當然是遠遠比不上舊愛的。然而，當心意變遷時，就算再巧的手藝，再委屈求全的美德，都挽不回失去的戀情，都變不了被棄的命運。可嘆舊時代的女性免不了在婚姻與愛情中被汰選，就算苦苦詢問，想要一個可以安慰自己的理由，聽見的往往也是似是而非的藉口。

可悲的是，明明是薄倖男子，卻不肯承擔負心之名，反而鞭笞女人的完美。從古至今，因爲太完美而被辜負的女人，不知在永夜裏流過多少困惑的眼淚，眞應該停止哭泣，看見自己的價值與貴重。

# 上山採蘼蕪

漢・佚名

上山採蘼蕪，下山逢故夫。
長跪問故夫，新人復何如？
新人雖言好，未若故人姝。
顏色類相似，手爪不相如。
新人從門入，故人從閤去。
新人工織縑，故人工織素。
織縑日一疋，織素五丈餘。
將縑來比素，新人不如故。

## 原詩語譯

被棄婦人到山上採摘野生香料以維生計，
下山返家的途中巧遇了從前的丈夫，
於是，
仍然關心丈夫的婦人便長跪下來，
如同往昔一般和順溫馴地，
問起新過門的新歡是否令丈夫滿意？
前夫的回答是，
新人雖然不錯，卻比不上舊人的貌美。
美貌的差別雖然不大，
論起女紅手藝來，
卻是新人遠不及舊人啊。
儘管如此，
當新人從前門迎娶而入的時候，

舊人仍只得委屈的從後門離開了。
便是在操持家務的勞動上，也有差別，
就以織布來比喻吧，
新人織的是普通的黃絹，
每天可以織一匹，大約是四丈。
舊人卻工於織細緻的白絹，
每天可以織五丈多，
無論質與量都超越了新人。
若以粗縑和素絹相比，
新人確實不及舊人的啊。

## 詩人履歷表

在中國的詩歌史上，敘事詩的發展最晚，數量也較少。〈上山採蘼蕪〉只有八十個字，卻是相當成熟的作品。

這首敘事詩連篇名也沒有，就像古詩十九首一樣，都是以第一句詩為篇名，而這一句也就概括了整首詩的意涵。到山上採香草的婦人，是一個被負心丈夫遺棄的女人，她的生活無所託依，必須辛苦的自食其力，採摘香草的舉動正好反映她的人格與品性。婦人沒有怨懟，仍殷切關懷前夫的生活，聽見前夫對新人與舊人的比較之後，明白她自己其實樣樣都優秀傑出，卻仍不能改變被棄的命運。

這首平心靜氣的詩，充份表現出兩性不平等的環境中，女性是多麼沒有保障，受制於人的情愛關係，何等可悲。

冬季離散

# 「莫對月明思往事
# 損君顏色減君年」

在月亮特別好的夜晚，
所有過往的回憶
便潺潺流動起來，
異常明晰深刻。
每一次情不自禁的思量，
都會摧折心肝，
損耗了青春的容貌，
消減了健康與壽命。

他第一次見到她，在一個喧囂熱鬧的場合中，看見坐在角落，翻看雜誌的她的時候，他就直覺她心中藏著一些秘密。但，那並不能阻絕他想要靠近她的意志。他明確聽見心中沉寂多年的鐘聲敲響了，生命被喜悅漲滿，如蓄勢待發的帆船。

他在醫院的工作很繁重，卻從不懈怠對她無微的照顧，每次送她回家，總覺得難捨的痛楚，於是，他向她求婚了。聽見他的請求，她窒了一下，有些怔忡恍惚，彷彿歷險歸來的人，忽然又要出發。

然而，她究竟嫁了他。然後，他發現她原來是個失去快樂感覺的女人，她很少笑，即使笑著也很落寞。月亮特別明燦的夜晚，她總要失神，墜落在一個神秘的空間，他進不去，也沒法拉她出來。他想過藉著忙碌的工作早出晚歸，逃避面對這樣的她和她的往昔，可是，看不見她的痛苦，尖銳地在他的心上來回切割。他看著她日漸憔悴衰弱，自己卻全然愛莫能助，他醫不了她的心。終於有一天，他下定決心告訴她，他將離開她了，還給她自由的生

活，希望也能還給她快樂。她的神情與上次他求婚時的神情一樣，垂下眼睛沒有說話。

其實，他只是想要瞭解她內心的傷口，失去愛戀的刻骨銘心啊，他必須藉由失去她而明白。明白以後，他才能眞正走進她的心裏面，從她的內在擁抱她，給她新的感覺。

在月亮特別好的夜晚，所有過往的回憶便潺潺流動起來，異常明晰深刻。每一次情不自禁的思量，都會摧折心肝，損耗了青春的容貌，消減了健康與壽命。只是，這樣的癡心並不能喚回已經逝去的戀情，生命徒然的消耗，也不能令自己獲得快樂。因此，在適當的時候，能從舊情之中破繭而出，便是一種人生的智慧。

# 贈內

唐・白居易

漠漠暗苔新雨地，微微涼露欲秋天。

莫對月明思往事，損君顏色減君年。

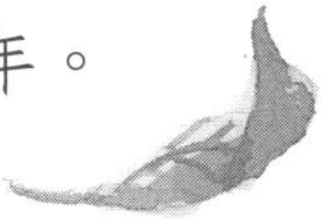

## 原詩語譯

陰暗的青苔綿延地面，
剛剛下過雨，還顯得潮濕。
這是即將進入秋天的氣候，
細細微微的露水，已令人感覺到涼意。
在月兒特別明亮的晚上，
不要望著月思想從前的情傷往事，
那只會耗損了妳的容貌與精神，
是絲毫沒有益處的啊。

## 詩人履歷表

白居易（七七二——八四六），字樂天，他生平作詩近三千首，又是敘事詩的高手，在唐代詩壇佔著極重要的地位。他的詩作有故事性強、形象鮮明、音節流暢的特色。像〈長恨歌〉、〈琵琶行〉這些長詩，已將唐詩推至一個華燦的高峰。因爲語言優美而通俗，受到社會各階層的喜愛，連當時的日本、朝鮮、契丹也爭相傳誦，甚至有以百金換詩一篇的熱烈情況。

詩人對於女性特別具有悲憫的同情，貧窮的女子、受命運撥弄的女子、在後宮耗盡青春的女子，都在他的詩中出現。也只有像他這樣懂得疼惜女性的詩人，才能在〈長恨歌〉中，賦予楊貴妃如此傾國傾城的嬌容貌與玉精神。必然是因爲他如此理解愛情，才能將妃子與明皇的離合歡怨刻劃得如此動人肺腑。至於這首贈給妻子的小詩，淡淡幾句話中，完全明白遠方思念的誠摯與執著，也疼惜妻子爲思念自己而形貌憔悴。寫妻子不也正是寫自己嗎？這種對面著筆的寫法，更見含蓄的深情。

冬季離散

# 「還將舊時意 憐取眼前人」

曾經有過的情愛糾葛，

有疼痛也有甜蜜，

有快樂也有憂傷，

但，當心意轉變，

一切都成了前塵往事。

與其沉迷其中不能自拔，徒增困擾，

不如以眞摯的情意

好好憐愛此刻在身邊的人。

「太太，先生請妳出去見客」，管家第三次進來催促，她在鏡前已經坐了許久，房裏黃熒熒的光亮，將她的臉色映照得古老，而那些往事卻鮮烈如昨。那千里迢迢而來，坐在廳裏與丈夫喝茶的男人，那自稱是她的表兄，想要來拜訪表妹的男人，那男人不是賓客；不是她的親人，曾經是她的至親至愛，然後又踐踏了她的眞情與癡心。

年輕的時候，她不顧家人的反對與他私定終身，他簡單的安置了她的生活，然後到異鄉謀生求發達，她幾乎每天寫信給他，七百多封信，換來他將在異鄉與富家女結婚的消息。她寫了最懇切哀傷的信請求他，不要拋棄她，她除了他已經一無所有。然而，她還是在報上讀到他和富家女結婚的啓事。她想過毀滅他，或者毀滅自己，可是，她終究覺得少了點動力。她問自己：我爲那人付出的還不夠多嗎？爲什麼還要爲他決定自己的生死？他與我還有什麼相干？

後來，她釋放了自己，尋找到一份踏實的幸福，安適的婚姻生活。他卻

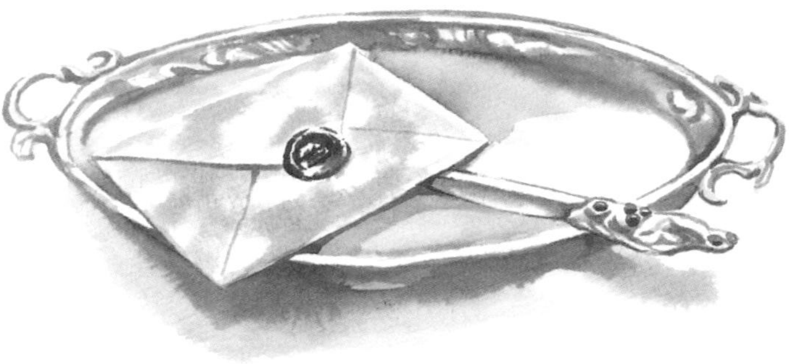

在婚姻不愜意的沮喪中，想到她的美好貼心，瘋狂似的尋覓她的蹤跡，他有自信，只要再見面，她會隨他奔往海角天涯。這幢房子、這樁婚姻、這平凡的丈夫，他覺得什麼也擋不住他們。

等著，等著，管家拿出一封信，說這就是她的回答。他心急地拆破了信封，他所熟悉的，她一貫清麗不苟的字跡，寫了這麼兩句：「還將舊時意，憐取眼前人」。

他知道，她已經走出來了，瀟灑自在地。今生今世，他將是自己心靈牢籠中永不脫逃的囚犯。

曾經有過的情愛糾葛，有疼痛也有甜蜜，有快樂也有憂傷，但，當心意轉變，一切都成了前塵往事。與其沉迷其中不能自拔，徒增困擾，不如以眞摯的情意好好憐愛此刻在身邊的人。提不起放不下的情感態度，像一柄雙面刃，既傷了往昔，也戕了現在，永遠走不到未來。

# 未命名

唐・崔鶯鶯

棄置今何道，當時且自親。
還將舊時意，憐取眼前人。

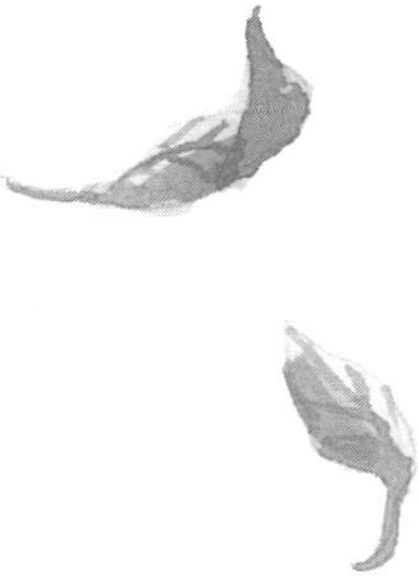

## 原詩語譯

我的情感與眞心，
被你毫不顧惜的拋棄了，
現在就算見了面又有什麼可談的呢？
曾經，在我們之間有過的親愛深情，
如今都已然煙消雲散了。
假若你想與我敘舊的這番心意，
是對往昔仍不能忘懷的情思，
那麼，奉勸你把這份情感好好憐愛此刻伴著你的伴侶吧。

# 詩人履歷表

崔鶯鶯（約當元稹時代），是元稹傳奇小說〈鶯鶯傳〉中的女主角，她與張生在亂世相逢，可謂一見鍾情。張生使出渾身解數，渴望一親芳澤，由侍女紅娘傳信，一封封情詩，纏綿情意穿透了鶯鶯的綠紗窗。她明明知道，如果僭越禮教，就像將自己拋擲於荒寒的冰原上，張生從不允諾的愛情，僅僅像冬陽一般，亮著卻沒有足夠的溫暖。她仍投入全部的身心，爲的是他的才華，她抵不住那顆錦繡般的心靈，就像地表沉睡的種籽，抵不住春風的輕拂。

張生上京趕考，流連忘返，鶯鶯隱隱感覺到一種失去的痛苦，她寫了情意惻楚哀惋的書信，企圖打動情人變遷的心意。不料，張生將她的情書廣爲流傳，還以「尤物必是妖孽，必須忍心拋棄」粉飾自己的薄倖負心。與張生友善的楊巨源、元稹爲歌詠鶯鶯寫了許多詩，元稹更爲此創作了小說〈鶯鶯傳〉，其中收錄了這首鶯鶯寫給張生的絕情詩。

在諸多古代愛情故事中，遇人不淑的薄命紅顏，不知凡幾。鶯鶯毅然斬斷過去，給自己新生與幸福，這種勇氣和智慧已成典型。她貴重自己的情感，更看重自己的身心，不肯在愛的廢墟中哭泣，堅定的再度上路。

冬季離散

「解得世間離別苦
故將好鳥織成雙」

正因爲如此深刻的了解
在愛中離別的痛苦，
所以，
不願意看見世間的痴情兒女
忍受這樣的煎熬。
心中存著天下有情人
都能成雙的企願，
因此捻起針線，
將知情解意的鳥兒織繡成一對兒。

我站在廊簷下看著一雙鳥兒嬉戲著，從眼前低飛而過，同時，我的女學生也從我眼前走過，她的眼神空洞，失魂落魄地。她和情人是班對，所以，我知道他們相戀，也知道他們任性倔強的鬧分手。她孤單的一個人在校園裏晃盪，坐在溪邊發獃。那個失了戀的男生和一群哥兒們去唱KTV，深更半夜不肯回家，香菸一根接一根抽得兇，課堂上再看不見他的蹤影。有一次，我在課堂上點到男生的名字，故作輕鬆的說：「還沒忙完呢？什麼時候才有空回來上課啊？」女生的眼淚怔怔的流下來。

我到男生租賃的溪畔閣樓去，男生剛從宿醉醒來，我告訴他，今天在課堂上點到他的名字的時候，女生就哭了。男生搖頭說：「她已經不在乎我了。」

「眞奇怪，她也說你一點都不在乎她了。」我說。

「我就是太在乎她，才不敢去上課的。」男生的眼眶漸漸紅起來。

「她想知道你過得好不好？」我說。

「那她，好不好？」

我搖搖頭。男生把臉埋進掌中，黃昏凝重的金光鎖住整間小屋。

幾天後我在校園裏看見他們，和好如初的臉上有燦亮的光芒。男生拉著女生走到我面前，對我說：「謝謝。」女生什麼也沒說，只是重重地擁抱住我。在那樣的擁抱中有深深的感激，然而，我哪裏是在幫他們呢？我幫的其實是十幾年前任性的自己，和十幾年前那個倔強的男生。

因爲離別的憾恨與痛楚，我全懂得。

正因爲如此深刻的了解在愛中離別的痛苦，所以，不願意看見世間的痴情兒女忍受這樣的煎熬。心中存著天下有情人都能成雙的企願，因此捻起針線，將知情解意的鳥兒織繡成一對兒。

成雙，不僅是一種美好的祝願，更希望這樣的幸福更能長相左右，比翼高飛。

# 答女郎貽鴛鴦枕

明・齊心孝

含情少女倚銀釭，繡罷鴛鴦日滿窗。
解得世間離別苦，故將好鳥織成雙。

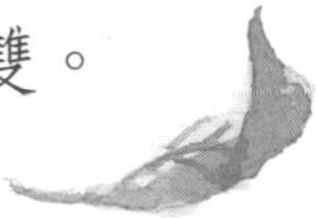

## 原詩語譯

年輕女孩倚著點著的燈火，
火光照亮了她含情的眉眼，
當她終於將手上的一對鴛鴦鳥繡完的時候，
太陽已經高高昇起，曬亮了整扇綠紗窗。
正因爲她深深理解，
世間情人最苦楚的就是隔絕兩地，不能廝守，
所以，才特意將知情解意的鳥兒，
繡個成雙成對。

## 詩人履歷表

齊心孝（明熹宗時人），字君求，天啓年間選爲進士。他最著名的事蹟，是癡執於情，最終因情而死。他的情人包括沙蘭英、章文玉等女性，他們在愛戀之中互相饋贈的禮物，都被齊心孝當成珍寶，反覆觀看揣摩，移情愛物，不能自拔。儘管在功名利祿場中，並無卓越的表現，對於男女情意的闡發與體會上，卻頗多獨特之處。

這首〈答女郎貽鴛鴦枕〉詩中，齊心孝將女子慣常刺繡的花樣「鴛鴦」，做出另一種不同的解釋，使情意更深切。這或許也是對於癡情兒女，愛戀相思的潛意識的探索。

季離散

# 今日斗酒會　明日溝水頭

今日擺起最豐盛的酒宴，
與你盡情酣飲，
共同享用我們的人生歡筵。
而到了明日便要決絕分離，
如同御溝中的流水，
各自東西，再無瓜葛。

他來赴約，停好車，看見玻璃窗裏的她。他們已經結婚了好幾年。他不知道她爲什麼約他在這麼豪華高尙的餐廳吃飯，她一向是簡約慣了的，今天也不是他們的紀念日。

她點了最貴的套餐，還開了一瓶1961年的紅葡萄酒，並且告訴他，那一年的葡萄酒最醇，價值最高。爲了某種特殊而隱微的秘密，他沒有發表任何意見。他們愉快的進餐，餐後還跳舞，在一圈又一圈的旋轉中，他感覺到浪漫的喜悅，情不自禁的說：「如果常常可以這樣就好了。」他的妻子鬆開手臂說：「我可不奉陪了，你和她商量吧。」越過舞池裏的人，他看見那個隱微的秘密——他的外遇女人，正惴惴不安，侷促地坐在他們的位子上。

妻子約了丈夫與第三者，在餐廳裏談離婚，她甚至不要聽丈夫的解釋，也不奢望背叛之後的改過自新，她只是將條列下來的離婚協議一項一項唸給他們聽，直到年輕的外遇女人掩著臉哭起來。

然後，妻子將一張律師的名片交給丈夫，她亭亭地站起來，像個閃亮的名伶，沒有留戀不捨，也沒有哀痛悲傷，再度向丈夫頷首，風情萬種的走出餐廳，走出他的生命。

他忽然感覺驚惶絕望，因爲發現自己還在愛她，更慘的是，比過去更愛。

今日擺起最豐盛的酒宴，與你盡情酣飲，共同享用我們的人生歡筵。而到了明日便要決絕分離，如同御溝中的流水，各自東西，再無瓜葛。這是投入全部心靈眞摯愛過之後，卻被辜負的瀟灑作爲。還能將最後的時刻以歡愉的氣氛度過，留給彼此難以取代的回憶。這樣的美好時光並不爲了取悅或乞憐，而是讓自己更有尊嚴，更果決明快。

當我們失去愛情之後，至少能夠不背叛自己。

# 白頭吟

漢・卓文君

皚如山上雪，皎若雲間月。
聞君有兩意，故來相決絕。
今日斗酒會，明旦溝水頭。
躞蹀御溝上，溝水東西流。
淒淒復淒淒，嫁娶不須啼。
願得一心人，白頭不相離。
竹竿何嫋嫋，魚尾何簁簁。
男兒重意氣，何用錢刀為？

## 原詩語譯

我對你的情意剔透潔白，
如高山頂的積雪，
又如破雲而出的皎亮明月，無可掩蔽。
聽到你對我已有二心，
所以，我特地下定決心來和你訣別。
今日我擺下豐盛的筵席，與你暢意酣飲，
明日一早，我們就要像御溝的流水一般。
我在御溝邊緣踟躕低迴，
看著溝水到此東西分流，永無交會。
想起昔日的情意，當然免不了歎息哀傷，
然而從此以後男婚女嫁，
再不必難捨懊悔的哭泣。

我仍希望能夠尋得對愛情專一的男子，
我們可以擁有永不離棄的恩愛生活，
直到白髮垂老。
世上求偶的男子何其多，
就像水中的魚竿，綿綿情意柔軟細長。
世上待聘的女子何其多，
就像水中的游魚，姿態嫵媚撩人心魂。
然而，我以爲男子最可珍貴的，
是重情重義的眞性情，
假若沒有情義，
就算有許多錢財又有什麼意義呢？

# 詩人履歷表

卓文君（約元前一七九——元前一一七），爲富豪卓王孫之女，十七歲即孀居。文君貌美，又能詩書，善鼓琴。在卓家的宴會中，遇見當時仍很落魄的司馬相如，兩情相悅，相如鼓琴向文君求愛，文君便與相如私奔成都。婚後家徒四壁，難以爲繼，夫妻二人返鄉向卓王孫求助，王孫不肯濟助，兩人於是在卓家附近賣酒爲生，文君當爐，故意引人側目。後來相如被漢武帝拜爲郎官，極好面子的卓王孫爲免惹人非議，只得分僮僕、錢財和衣物給文君。文君私奔與當爐的故事，成爲一段佳話，在禮教層層束縛的時代，已經有女子有足夠的智慧與勇氣，爭取自己的幸福。

李白的〈白頭吟〉：「相如作賦得黃金，丈夫好新多異心。一朝將聘茂陵女，文君因贈〈白頭吟〉。」敘述了後來相如對文君有了二心，想聘娶一位茂陵少女，文君贈以〈白頭吟〉，相如便打消了另娶心意的故事。可嘆「得黃金」、「多異心」是許多貪歡男子的通病，也是痴情女子共有的不幸命運。雖然有人考證這首〈白頭吟〉並不是卓文君的作品，然而，鏗鏘的語言，爽朗的性格，瀟灑的作風，就算不是文君，也是文君之流的女性，她們對真情的付出無怨無悔，她們對自己的看重不讓鬚眉。

# 「人面不知何處去
# 桃花依舊笑春風」

季離散

那巧然倩笑的美麗姿影，
飽含情感的面容，
都已消逝在人海之中，
連一點追蹤尋覓的線索也沒有。
只剩下
曾經見證過這場相遇的桃花，
在季節裏依約綻放了，
它們如此燦爛，
不解人間煩憂的盛放著，
憑添了我的惆悵傷感。

只要在夕陽的籠罩之下，只要在黃昏降臨之時，他就忍不住想要搭船出海。每個禮拜，最少要去一、兩次，去那個外島小漁村的海鮮檔。那裏原本是個貧瘠荒涼的地方，連船期都不多，自從爲發展觀光闢建爲日落海鮮村之後，立即改頭換面。衣著正式或華麗或時髦的城裏人，在下班後便搭船來這兒喝一杯，吃點平價味美的生猛海鮮。

他和同事來慶生的時候，看見在檔上打工的她，白白靜靜的容顏，她不敢殺魚或剖蟹，只負責領位和送菜，常常將雙手背在身後，淺淺笑著。有一回夕陽漸沉，檔上的燈忽然一起明亮起來，他看見她的笑靨，如此華燦皎潔，像一朵白蓮花。

聽說她正在找工作，他熱心的每天翻看報紙，揣想著她若在與自己鄰近的地方上班，那麼，就有更多機會可以看見她。他一發現工作機會就和她說，她都只是淡淡地，不置可否，後來他又想，她一直留在這兒也好，只要還有船，他就有希望。

那天才一下船，他就覺得空虛的寂寞，海鮮檔上仍是熱烈的交易喧嘩，但，他看不見她背著雙手的身影，他按捺心情等了好一會兒，老闆親自送魚過來的時候，他終於忍不住問。

「她找到工作，走啦，不會回來啦。」老闆說。

嘩，檔上的燈忽然一起點亮，他怔怔地坐著，心一吋一吋地黯沉，在宛如白晝的光亮裏，再尋不到那朵白蓮花。

那巧然倩笑的美麗姿影，飽含情感的面容，都已消逝在人海之中，連一點追蹤尋覓的線索也沒有。只剩下曾經見證過這場相遇的桃花，在季節裏依約綻放了，它們如此燦爛，不解人間煩憂的盛放著，憑添了我的惆悵傷感。如果所有的聚合離散都像花草一樣，在季節裏謝了又開，輪迴有時，該減少許多遺憾吧。

# 題都城南莊

唐・崔護

去年今日此門中，人面桃花相映紅。
人面不知何處去，桃花依舊笑春風。

## 原詩語譯

去年今時今日的情景仍歷歷在目，
就在這扇木門之中，
我邂逅了一張美麗的容顏，
飽含情意而又默默不語，
她的臉上滿是羞怯的紅光，
與滿院開放正好的桃花相映成趣。
如今舊地重遊，那張容顏已不知去向，
只有不解別離愁苦的桃花，
依舊興高采烈地盛放在春風之中。

# 詩人履歷表

崔護（生卒年不詳），字殷功。他的這首〈題都城南莊〉，因爲詩中的故事而流傳後世。在春日清明時節，詩人往洛陽城南踏青，因爲疲乏口渴，便向一家開滿桃花的莊院人家討水喝。來應門的是位美麗姑娘，她引了詩人入屋，捧來一杯水，自己則斜倚在桃樹幹上，欲語還羞的注視著詩人。崔護飲下的不只是一盅清水，還有幽微的情意，他想引姑娘說話，姑娘羞澀地低垂眉眼，不肯開口。詩人解了口渴，卻添了心中無名的焦渴，一種愛情特有的蠢蠢欲動。

一年之後，崔護舊地重遊，城南莊院的桃花，正如去年一般熱烈綻放，只是木門上添了大鎖，莊院內的人家已不知去向。惆悵間詩人援筆在牆上題了四句詩，字句皆淺明易曉，卻將人世間所有掌握不及的遺憾，準確表達出來，「人面桃花」的意象，也成千古絕唱，使崔護因一段情、一首詩而不朽。

國家圖書出版品預行編目 (CIP) 資料

愛情，詩流域 / 張曼娟著 . -- 三版 . -- 臺北市 : 麥田出版 : 家庭傳媒城邦分公司發行 ,
2018.11　面；　公分 . --（張曼娟藏詩卷 ; 1)　ISBN 978-986-344-600-2( 平裝 )

831.92　　107017493

作　　者 —— 張曼娟
選詩小姐 —— 張曼娟　陳慶祐　詹雅蘭　張維中
統籌企畫 —— 紫石作坊
責任編輯 —— 姚明佩　林秀梅

版　　權 —— 吳玲緯　蔡傳宜
行　　銷 —— 艾青荷　蘇莞婷
業　　務 —— 李再星　陳玫潾　陳美燕　馮逸華
副總編輯 —— 林秀梅
編輯總監 —— 劉麗真
總 經 理 —— 陳逸瑛
發 行 人 —— 凃玉雲
出　　版 —— 麥田出版
104 台北市民生東路二段 141 號 5 樓
電話：(886)2-2500-7696　傳真：(886)2-2500-1967
發　　行 —— 英屬蓋曼群島商家庭傳媒股份有限公司城邦分公司
104 台北市民生東路二段 141 號 11 樓
書虫客服服務專線：(886)2-2500-7718、2500-7719
24 小時傳真服務：(886)2-2500-1990、2500-1991
服務時間：週一至週五 09:30-12:00．13:30-17:00
郵撥帳號：19863813　戶名：書虫股份有限公司
讀者服務信箱 E-mail：service@readingclub.com.tw
麥田部落格：http://ryefield.pixnet.net/blog
麥田出版 Facebook：http://www.facebook.com/RyeField.Cite/
香港發行所 —— 城邦（香港）出版集團有限公司
香港灣仔駱克道 193 號東超商業中心 1 樓
電話：(852) 2508-6231　傳真：(852) 2578-9337
E-mail：hkcite@biznetvigator.com
馬新發行所 —— 城邦（馬新）出版集團【Cite(M) Sdn. Bhd. (458372U)】
41, Jalan Radin Anum, Bandar Baru Sri Petaling,
57000 Kuala Lumpur, Malaysia.
電話：(603)9057-8822
傳真：(603)9057-6622
E-mail：cite@cite.com.my

印　　刷 —— 前進彩藝有限公司
內頁繪圖 —— 那鈺婕
封面設計 —— 張　巖
內頁設計 —— 藝研視覺創意研究室

初版一刷 2000 年 1 月 1 日
二版一刷 2009 年 5 月 1 日
三版一刷 2018 年 11 月 1 日
定　　價 —— 360 元
ISBN 978-986-344-600-2

張曼娟藏詩卷 1

愛情，詩流域

紀念珍藏版

cite城邦媒體 麥田出版
Rye Field Publications
A division of Cité Publishing Ltd.

| 廣告回函 |
| --- |
| 北區郵政管理局登記證 |
| 台北廣字第000791號 |
| 免貼郵票 |

英屬蓋曼群島商
家庭傳媒股份有限公司城邦分公司
104 台北市民生東路二段141號5樓

▼
請沿虛線折下裝訂，謝謝！

文學・歷史・人文・軍事・生活

麥田出版
Rye Field Publications

書號：RC2001Y　書名：愛情，詩流域（紀念珍藏版）

# 讀者回函卡

cité 城邦

謝謝您購買我們出版的書。請將讀者回函卡填好寄回，我們將不定期寄上城邦集團最新的出版資訊。

姓名：________________ 電子信箱：________________

聯絡地址：□□□ ________________

電話：（公）________________ 分機 ____ （宅）________________

身分證字號：________________（此即您的讀者編號）

生日：____年____月____日　性別：□男　□女

職業：□軍警　□公教　□學生　□傳播業　□製造業　□金融業　□資訊業　□銷售業

□其他 ________________

教育程度：□碩士及以上　□大學　□專科　□高中　□國中及以下

購買方式：□書店　□郵購　□其他 ________________

喜歡閱讀的種類：（可複選）

□文學　□商業　□軍事　□歷史　□旅遊　□藝術　□科學　□推理　□傳記

□生活、勵志　□教育、心理　□其他 ________________

您從何處得知本書的消息？（可複選）

□書店　□報章雜誌　□廣播　□電視　□書訊　□親友　□其他 ________

本書優點：（可複選）

□內容符合期待　□文筆流暢　□具實用性　□版面、圖片、字體安排適當

□其他 ________________

本書缺點：（可複選）

□內容不符合期待　□文筆欠佳　□內容保守　□版面、圖片、字體安排不易閱讀

□價格偏高　□其他 ________________

您對我們的建議：________________

________________

________________